Ulrike Platten-Wirtz

Mordsgaudi – Der dritte Fall für Franka Fröhlich

Kontrast verlag

Kontrast Verlag
D-56291 Pfalzfeld
www.kontrast-verlag.com

1. Auflage

Titelfoto: Kevin Rühle
ISBN 978-3-941200-81-4

Ulrike Platten-Wirtz

Mordsgaudi
Der dritte Fall für Franka Fröhlich

Kriminalroman

Prolog
Bayern 1944

Der Güterzug verlangsamte seine Fahrt, als er in den Bahnhof einfuhr. Mit einem Satz sprang Anton auf den Bahnsteig. Damals wusste er noch nicht, dass der Krieg schon bald zu Ende sein würde. Aber auch wenn er es gewusst hätte, hätte das am Ausgang der Geschichte vermutlich nichts geändert. Oder doch? Wer weiß das schon?

Als er im bayerischen Weiler ankam, war Anton fünfunddreißig Jahre alt und bereits mehrfacher Vater. Ein Zustand, der ihm, im Nachhinein betrachtet, vermutlich das Leben gerettet hatte. Denn wegen seiner familiären Situation war er nicht wie seine gleichaltrigen Kameraden zum Kriegsdienst an die Front beordert, sondern einem Holzkommando im Süden des Landes zugeteilt worden.

Zu Hause wartete Cilli auf seine Rückkehr. Vermutlich war sein Weib froh, dass sie – wenn auch nur für eine gewisse Zeit – Ruhe vor ihm hatte. Die vielen Geburten innerhalb von wenigen Jahren waren schließlich kein Pappenstiel. Das musste Anton unumwunden zugeben. Auch wenn er selbst lediglich an dem angenehmen Teil der Fortpflanzung beteiligt war.

Mit einer gewissen Erleichterung war er am frühen Morgen in den Zug gestiegen. Er erfüllte seine Pflicht, aber wenn er ehrlich zu sich selbst war, kam diese Pflichterfüllung eher einer Flucht vor der Verantwortung gleich.

Während der Fahrt, die er auf mit Kohle gefüllten Kartoffelsäcken zubrachte, hatte er ausreichend Gelegenheit, sich Gedanken über sein Leben zu machen. Im ganzen Land herrschte Krieg. Wie er seine Kinder durchbringen sollte, war ihm schleierhaft. Zweifellos eine ziemliche Herausforderung. Er war froh, dass er sich dieser undankbaren Aufgabe erst einmal entziehen konnte. Wer wusste schon, wie lange dieser Krieg noch dauern würde? Er, also Anton, wusste es zu diesem Zeitpunkt auf jeden Fall noch nicht. Genauso wenig wie das, was in den nächsten Monaten auf ihn zukommen würde.

Er tat lediglich, was er tun musste. Man hatte ihn nach Bayern beordert und er gehorchte dem Befehl. Basta. So, wie das eben seine Art war, den Dingen, die man von ihm verlangte, zu begegnen. Er war kein Parteianhänger, aber eben auch kein Widerstandskämpfer. Er tat, was man von ihm verlangte. Ein Holzkommando zu leiten, hielt er für eine Aufgabe, der er durchaus gewachsen war. Im Umgang mit Axt und Säge war er geschickt. Die Arbeit war hart. Aber es war allemal besser, als mit Gewehr und Handgranate herumhantieren zu müssen.

Haus und Hof wusste er bei Cilli in guten Händen. Er konnte sich auf sein Weib verlassen. Inbrünstig hoffte er, dass der Samen, den er in ihrem Schoß hinterlassen hatte, ehe er in den frühen Morgenstunden aufgebrochen war, diesmal keine Frucht tragen würde. Ein weiteres Balg, noch dazu in seiner Abwesenheit, war dann für sein Weib doch zu viel. Aber wenn es so passierte, würde Cilli auch dieses Kind schaukeln. Außer einer kleinen Maria, die, kaum im Leben angekommen, schon an der Mutterbrust zu einem Engel wurde, hatten sie bisher alle Kinder durchgebracht.

Cilli war stark und scheute keine noch so schwere Arbeit. Deshalb hatten sie, im Gegensatz zu manch anderen Familien, bisher immer genug zu essen gehabt. Die Kleinsten hingen ihr zwar noch am Rockzipfel, aber auf die beiden Großen konnte Cilli bereits zählen. Sie unterstützten ihre Mutter, so gut sie konnten. Sowohl in der Küche, als auch im Stall und auf dem Feld. Wie alle Leute im Dorf hielt auch Anton zwei Milchkühe und ein paar Hühner. Außerdem bewirtschaftete Cilli einen Garten und den Kartoffelacker.

Der Güterzug, mit dem Anton unterwegs war, hatte Kohlen transportiert. Von dem strengen Geruch der groben Leinensäcke war Anton während der Fahrt übel geworden. Obwohl Kohlen in diesen Zeiten natürlich ein heiß begehrtes Gut waren. Bestimmt für diejenigen, die sich einen solchen Luxus mit Geld noch kaufen konnten. Und ebenso verführerisch für Diebe und Tagelöhner, die damit ein lukratives Geschäft verbanden.

Auf dem Schwarzmarkt bekam man Brot, Butter oder im besten Fall ein Stück Fleisch dafür. Ein Handel, für den es sich durchaus lohnte, zum Dieb zu werden. Wohl wissend, dass, wenn man dabei erwischt wurde, das letzte Stündlein geschlagen hatte.

Aber Not macht ja bekanntlich erfinderisch. Auch Anton war sich nicht zu schade, Dinge zu tun, die zwar verboten waren, aber der Familie immerhin ein zusätzliches Stück Brot einbrachten und einen weiteren Tag Leben schenkten.

Auf dem Land standen sich die Leute in Kriegszeiten nicht schlecht. Zumindest im Vergleich zur Verwandtschaft in der Großstadt. Bis jetzt hatten sie noch jeden Tag etwas zu essen gehabt. Wenn die Mahlzeiten auch nicht üppig waren und das Knurren des eigenen Magens den der anderen oftmals übertönte.

Die Sonne stand bereits ziemlich tief, als Anton am Ziel ankam. Die Abendluft war noch warm. Es roch nach frisch gemähtem Gras. Der letzte Schnitt, bevor endgültig der Herbst einzog. Anton klopfte sich den Kohlenstaub von der Hose und schulterte den Rucksack, in den er am Morgen eilig ein paar Sachen gepackt hatte. Noch vor Einbruch der Dunkelheit erreichte er den Rautenhof. Hier würde er in den nächsten Monaten zu Hause sein.

Der Hof lag ein wenig abseits von dem kleinen Dorf. Im Hintergrund erhob sich ein üppig bewaldeter Berg. Anton vermutete, dass dies sein zukünftiger Arbeitsplatz war.

Das Haus wirkte einladend. Von den zwei Stockwerken war das untere mit Lehm verputzt, während das obere – so wie es für die Region üblich war – komplett aus Holz bestand. Inklusive eines rundum laufenden Balkons. Die kleinen Fenster hatten allesamt Sprossen, ebenso die Haustür, die in zwei Teile geteilt war und im oberen Teil eine Art Fenster hatte, das man öffnen konnte, ohne ungebetenen Besuchern Eintritt gewähren zu müssen.

Auf sein Klopfen hin öffnete ihm eine junge Frau. Sie stand im Türrahmen und schaute ihn mit großen blauen Augen erwartungsvoll an. Obwohl gar nicht Sonntag war, trug sie ein dunkelblaues Trachtenkleid. Es sah aus, als hätte sie sich extra für ihn herausgeputzt. Aber noch mehr als das Kleid beeindruckte ihn die Farbe ihrer Augen. Anton musste unweigerlich an den Bach in seinem Heimatdorf denken, wenn im Sommer die Sonne auf das klare Quellwasser schien. Er konnte den Blick kaum von ihr wenden. Das strahlende Lächeln der Rauten-Marie löste die innere Anspannung, die ihn den ganzen Tag über gefangen gehalten hatte. Er streckte Marie die Hand zum Gruß entgegen und hielt sie fest. Auch dann noch, als die Tür längst hinter den beiden ins Schloss gefallen war.

Eins
Oktober 2019 im Hunsrück

Das Letzte, was Ewald in seinem Leben sah, war ein glänzender Kühlergrill mit einem eingelassenen Stern in der Mitte. Ewald liebte diesen Stern, was ihm vermutlich in den letzten Sekunden seines Lebens ein Lächeln auf die Lippen gezaubert hatte. Zu Lebzeiten hatte man das bei ihm eher selten gesehen. Ewald war einer von der Sorte, die ewig übellaunig durchs Leben ging und ihre Umwelt gern an diesem Gemütszustand teilhaben ließ.

Gut, er hatte es als Kind nicht leicht gehabt. Die Mutter war früh gestorben und er, als jüngstes Kind, war sehr früh auf sich allein gestellt. Ob das der Grund für ihn war, sich schon in früher Jugend dem Alkohol zuzuwenden? Im Nachhinein war das nur schwerlich zu klären. Einen Therapeuten hatte Ewald diesbezüglich nie kontaktiert. Die Frage nach dem Sinn des Lebens, blieb für ihn deshalb bis zu seinem unrühmlichen Ende unbeantwortet. Es sei denn, man wertete den Stern, der ihm sozusagen den Garaus gemacht hatte, als ein Zeichen. Auf alle Fälle überraschte der freundliche Gesichtsausdruck des toten Ewald die, die ihn zu Lebzeiten gut gekannt hatten und später in diesem Zustand auffanden.

Ewald hinterließ weder Frau noch Kinder. Die meisten seiner Geschwister waren schon tot. Und die, die noch lebten, wohnten weit weg. Ewald war ein ungemütlicher Mensch. Ein Krakeeler. Im Dorf war niemand sonderlich traurig über seinen Abgang. Außer vielleicht Trudel Hoffmann. Die Bäckerin und der Gleichaltrige waren in ihrer Jugend einmal ein Paar gewesen. Seit Trudel die Bäckerei von ihrem Vater übernommen hatte, hatte Ewald täglich bei ihr eingekauft. Das verband.

Wer es allerdings auf den alten Suffkopf abgesehen haben sollte, blieb für alle vorerst ein Rätsel. Mord aus Habgier war ausgeschlossen. Zu holen gab es bei Ewald Philipps nämlich ganz sicher nichts.

Während im Festzelt auf der *Mörsdorfer Wiesn* die *Isartaler Hexen* vermeintlich brave Mädchen in den Himmel sangen, gingen bei Ewald unter dem Stern eines namhaften Fahrzeugherstellers buchstäblich die Lichter aus.

Zwei
Drei Tage früher

Es war Martin Friedhoffs Glückstag. Auf der Mörsdorfer Hängeseilbrücke wurde der 1-millionste Besucher erwartet. Die Brücke war zwar nicht mehr die längste, aber für den Bürgermeister des Dorfes auf jeden Fall immer noch die schönste in ganz Deutschland. Friedhoff lauerte bereits mit einem bunten Blumenstrauß in durchsichtigem Zellophan neben der Webcam, die mit einem automatischen Zählwerk ausgestattet war und jeden Besucher, der die Brücke betrat, sofort registrierte. Über seine Handy-App behielt er das Zählwerk genau im Auge.

Noch drei, noch zwei …

Der nächste Besucher konnte sich freuen.

Friedhoff hob den Blick von den hölzernen Bohlen, als ein Paar unbestrumpfte Füße in hellgrauen Turnschuhen die Brücke betrat. Geschwind bewegte er sich auf eine junge Frau zu, hielt ihr mit ausgestrecktem Arm den Strauß entgegen und rief, nein, vor lauter Freude brüllte er es geradezu heraus: „Herzlichen Glückwunsch. Sie sind die 1-millionste Besucherin unserer Hängeseilbrücke!“

Die junge Frau schien im ersten Moment etwas irritiert und wusste nicht, wie ihr geschah. Doch dann, als die umstehenden Gäste die Situation begriffen und applaudierten, wich die Skepsis aus ihrem Gesicht und machte einer regelrecht kindlichen Freude Platz. Entzückt nahm sie den Strauß, den ihr der aufgeregte Bürgermeister immer noch entgegenstreckte, an. Und strahlte dann gemeinsam mit Friedhoff in die Kamera.

Selbstverständlich war der Bürgermeister nicht unvorbereitet zu diesem wichtigen Termin erschienen. Franka Fröhlich, seine dorfeigene Reporterin, wie er die Journalistin gern nannte, war zwar leider verhindert gewesen. Aber sie hatte für Ersatz gesorgt und einen freien Mitarbeiter geschickt, um sich der Sache anzunehmen. Friedhoff kannte Tim Messer, einen ehemaligen Polizeibeamten aus dem Nachbarort, der sich seine an sich anständige Pension mit ein paar Fotoreportagen für die hiesige Presse aufbesserte. Nur so aus Spaß. Aber auch, um sich ohne schlechtes Gewissen mit seiner Gattin ein paar Extra-Wochenenden in einem nahegelegenen Luxushotel leisten zu können. Im Blitzlichtgewitter des Fotografen strahlten Friedhoff und die legendäre Besucherin also um die Wette.

Friedhoff atmete tief ein und aus. Er hatte es geschafft. Die Freude über das Ereignis stand ihm geradezu ins Gesicht geschrieben. Er überließ die Rekordbesucherin dem Reporter, der von ihr wissen wollte, woher sie kam, was sie nach Mörsdorf geführt hatte und ob sie zum ersten Mal über die Brücke gegangen war oder schon öfter hier gewesen sei.

Während die Frau Tim Messer artig Rede und Antwort stand, klopfte Friedhoff sich vor Freude auf die Schenkel. Eine Million Besucher innerhalb von so kurzer Zeit. Das war in der Tat ein Grund zur Freude. Dass die von ihm initiierte Hängeseilbrücke in seinem Heimatort so viele Schaulustige anziehen würde, hatte niemand wirklich für möglich gehalten. Gegen den Willen des Gemeinderats hatte er sich damals durchgesetzt und den Bau der Brücke vorangetrieben. Als Spinner hatte man ihn und seinen Mitstreiter Hannes Blattner, der leider bereits das Zeitliche gesegnet hatte, bezeichnet. Umso mehr freute es den Bürgermeister von Mörsdorf jetzt, dass ihre Idee zum Erfolgsschlager wurde.

Aber es gab noch einen zweiten Grund, sich zu freuen. Die Karten für das anstehende Oktoberfest waren bereits im Vorverkauf alle restlos weggegangen.

Friedhoff stattete den Gemeindearbeitern, die gerade dabei waren, das Festzelt auf der großen Wiese am Brückenkopf aufzubauen, einen Besuch ab.

„Morje Männer, alles klar?“

Friedhoff schob die Plane zur Seite und schielte in das noch leere Zelt. Die Männer hielten mit der Arbeit inne.

„Jou, alles klar. Wir wollten eh grad ’ne Pause machen, Chef“, antwortete Herbert, der die Rolle des Vorarbeiters übernommen hatte.

Friedhoff nutzte die Gelegenheit, mit ihnen auf den Erfolg anzustoßen. Das ließen sich Herbert und seine Kollegen nicht zweimal sagen.

Die vier hoben ihre Stubbiflaschen gen Himmel und stießen miteinander an. Als die kurzen Hälse der braunen Flaschen sich berührten, war ein leises Klingeln zu hören. Unauffällig prostete Friedhoff auch seinem toten Freund Blattner zu. „Schade, mein Lieber, dass du das nicht mehr miterlebst“, flüsterte er, setzte die Flasche an den Mund und trank das Bier auf Ex.

Dass die Brücke so ein touristischer Erfolg war, war letztlich auch seinem Mitstreiter und Ideengeber zu verdanken. Das schreckliche Bild des toten Hannes stieg vor Friedhoffs geistigem Auge auf. Es grauste ihm noch heute, wenn er daran dachte, wie ausgerechnet er seinen Freund mit eingeschlagenem Kopf auf der Brücke gefunden hatte. Just an dem Tag, an dem diese einmalige Attraktion im Hunsrück eingeweiht werden sollte. Friedhoff bekam eine Gänsehaut. Er schüttelte sich.

Der Ausblick auf das anstehende Fest und die Freude über die großen Besucherzahlen verdrängten die unangenehmen Gedanken aber schnell wieder. Glücklicherweise war er am Morgen so klug gewesen, die hiesige Presse über das bevorstehe Jubiläum zu informieren. Wie er Tim Messer kannte, würde er es ihm mit einem großzügig bebilderten Artikel auf der ersten Lokalseite danken. Friedhoff war zufrieden. Was wollte er mehr? Mit einem Lächeln auf den Lippen, breiter noch als das, was später auf dem Foto in der Zeitung zu sehen sein würde, machte er sich auf den Weg zurück ins Dorf.

Drei

„Nein, nein und nochmals nein. Ich will k e i n e n *Thermomix*!!! Bitte Jan, lass mich jetzt damit in Ruhe." Franka war genervt. Trotz Freisprechanlage telefonierte sie nur ungern während der Fahrt und, wenn überhaupt, dann nur in wirklich dringenden Fällen. Und die Frage nach der Anschaffung eines Haushaltsgerätes, das Franka für mehr als unnötig hielt, war nun nicht gerade das, was sie als einen triftigen Grund bezeichnen würde.

Hätte ihr Verlobter ihr lieber mal erzählen sollen, welche kriminellen News es aus Koblenz gab. Das wollte Franka wissen. Aber über die wirklich interessanten Dinge des Lebens verlor ihr Herzallerliebster kein Sterbenswörtchen. Das war typisch.

Seinen Mixer konnte er sich in die Haare schmieren. Nur weil Mutti Berger sich eine Schwiegertochter wünschte, die für ihr Leben gern im Haushalt herumwerkelte. Jan wusste genau, dass Kochen nicht Frankas Ding war. Warum sagte er seiner Mutter nicht einfach die Wahrheit? Und wenn er einen *Thermomix* haben wollte, sollte er sich das Ding doch schenken lassen. Immerhin hätte sie dann endlich ihre Ruhe. Um sich abzureagieren, schlug Franka mit der Faust aufs Lenkrad.

Auf der Gegenfahrbahn kam ihr ein Polizeiwagen entgegen. Reflexartig warf sie einen Kontrollblick auf die Geschwindigkeitsanzeige ihres Minis. 120 Stundenkilometer. Und das in der Siebzigerzone. Mit ihrem roten Flitzer war sie meistens zu schnell, insbesondere dann, wenn sie sich aufregte. Den Mini hatte sie inzwischen richtig lieb gewonnen. Nur gelegentlich trauerte sie ihrem alten Beetle noch nach, der ihr immerhin zehn Jahre lang die Treue gehalten hatte. Bis vorigen Sommer ein großer Felsbrocken, der im Flaumbachtal mitten auf der Straße lag, den kompletten Unterboden des Wagens aufgeschlitzt und ihn damit leider zum Tode verurteilt hatte. Wie der Stein dahin gekommen war, wurde, obwohl Franka einen Verdacht hatte, nie zweifelsfrei geklärt.

Glücklicherweise war der Mechaniker aus der benachbarten Autowerkstatt so emsig und hatte ihr sofort fahrbaren Ersatz beschafft. Nach anfänglicher Skepsis war sie jetzt erstaunlich zufrieden mit dem Wagen. Er beschleunigte schnell und war so klein, das man praktisch überall parken konnte. Das war – vor allem wenn man in den

Sommermonaten an der Mosel unterwegs war – ein nicht zu unterschätzender Vorteil.

Franka nahm den Fuß vom Gas und drosselte das Tempo. Als die Polizisten an ihr vorbeifuhren, hob sie die Hand zum Gruß. Die Beamten grüßten zurück, interessierten sich aber weder für sie noch für ihr Auto. Kein Wunder. In Mörsdorf bereitete man sich aufs Oktoberfest vor, eine der größten Veranstaltungen im ganzen Hunsrück. Inzwischen hatte es Tradition, dass die *Isartaler Hexen*, eine bekannte Gruppe bayerischer Volksmusikerinnen, dort aufspielte. Die Band galt als Publikumsmagnet. An den drei Tagen, an denen gefeiert wurde, war also mit einem deutlichen Mehraufkommen an Menschen zu rechnen.

Als ob das Dorf nicht ohnehin bereits aus allen Nähten platzte. Dass die Polizei sich da schon mal ein bisschen umschaute, war durchaus lobenswert. Außerdem ließ es ihnen weniger Zeit, sich um potenzielle Temposünder zu kümmern. Das wiederum kam Franka, die von Jan als notorische Raserin bezeichnet wurde, gerade recht.

Dass sich die ländliche Idylle im Hunsrück so schnell wandelte und aus dem unbescholtenen Dorf in so kurzer Zeit ein regelrechtes Touristennest wurde, hatte Franka, als sie aus der Großstadt in den Hunsrück zog, nie und nimmer erwartet. Und das alles wegen einer Holzbrücke, die sozusagen am stählernen Faden *In the Middle of Nowhere* hing.

Franka parkte den Mini im Hof vor ihrem Haus. Das Nachbarhaus sah verlassen aus. Alle Rollläden waren geschlossen. Elsjen war für ein paar Tage zu ihrer Schwester nach Freiburg gefahren. Angeblich ging es ihr gesundheitlich nicht gut. Franka glaubte allerdings eher, dass Elsjen vor dem Oktoberfestrummel flüchtete. Ihr Sohn Leo und dessen Lebensgefährte Pierre hatten den Zuschlag für das

Catering bekommen. Das bedeutete tagelanges Schuften, von der Früh bis in die Nacht. Franka konnte verstehen, dass Elsjen darauf keinen Bock hatte. Auch wenn ihre Nachbarin es sicher anders formuliert hätte.

Franka vermisste Elsjen. Ohne die Nachbarin kam sie sich im Dorf doch ziemlich einsam vor. Seit Leo mit Pierre nach Kastellaun gezogen war, um näher am Restaurant zu sein, war Elsjen ihre einzig wirkliche Freundin im Dorf. Elsjen war nicht besonders glücklich über den Wegzug von Leo. Lieber hätte sie die beiden Männer in ihrer Nähe gehabt. Franka ging es ähnlich.

Seit vorigen Sommer bei ihr eingebrochen worden war, und man ihr bei dem Überfall fast den Schädel eingeschlagen hatte, fühlte sie sich in ihrem Bauernhaus nicht mehr sicher. Die Haustür war zwar notdürftig repariert worden. Aber seit Franka wusste, wie leicht man hier eindringen konnte, hatte sie schlichtweg Angst. Sie musste Elsjen sobald wie möglich beichten, dass sie den Mietvertrag bereits gekündigt hatte. Einerseits tat es ihr leid, so eine nette Nachbarin fand sie sicher so schnell nicht mehr. Aber sie war schließlich nicht aus der Welt, sondern zog lediglich ein paar Straßen weiter.

Franka war froh, dass sie den Besitzer des Ferienhauses in der Dorfmitte, direkt neben der Bäckerei, dazu überreden konnte, eine der Wohnungen dauerhaft an sie zu vermieten.

Im Flur stolperte Franka über Umzugskartons. Aus einer Kiste lugte ihr blauer Lieblingspulli hervor. Sie öffnete den Deckel und fand neben den Klamotten ein paar Bücher, zwei Dessertteller und die rote Kaffeetasse mit der Schlacke. Sie stöhnte. Sie hatte nicht nur ohne System eingepackt, sondern auch noch vergessen, die Kartons zu beschriften. Wie sollte sie jemals irgendetwas wiederfinden? Ihr graute jetzt schon vor dem Umzug. Andererseits konnte sie es kaum erwarten, bis es endlich losging.

Franka rief nach Rubens. Sie hätte sich gerne von dem Kater verabschiedet. Aber der Stubentiger ließ sich nicht blicken. Das Tier hatte längst Lunte gerochen, dass hier etwas im Busch war. Rubens hasste nichts mehr als Unregelmäßigkeiten. So oft Franka auch nach ihm rief, Rubens blieb verschwunden. Franka vermutete, dass er irgendwo in der Nähe auf der Lauer lag und wartete, bis die Luft rein war. Das war vermutlich erst dann der Fall, wenn Franka ausgezogen war.

Sie tigerte ungeduldig zwischen Flur und Küche hin und her und schaute dabei immer wieder aus dem Fenster. Sie erwartete Besuch. Ihre älteste Freundin Jutta, die sie schon aus Kindertagen kannte, hatte angeboten, ihr beim Umzug behilflich zu sein.

Franka war sehr froh darüber. Sie war zurzeit nur ungern allein. Und ausgerechnet jetzt arbeitete Jan an einem kniffligen Mordfall und kam aus Koblenz nicht weg.

Umso mehr freute Franka sich, als sie sah, dass Juttas VW-Bus in die Hofeinfahrt fuhr.

Vier

Was brauchte man eigentlich, um einen Mord zu begehen? Manfred hatte nicht die geringste Ahnung. Schließlich hatte er in seinem Leben noch keinen Menschen umgebracht. Das Erste, was ihm einfiel, war ein scharfes Messer. Die klassischste aller Mordwaffen, wie er fand. Als passionierter Jäger war er es gewohnt, erlegte Tiere mit dem Jagdmesser auszubeinen. Er überlegte kurz, dann fiel ihm ein, dass es wohl kaum einen Unterschied machte, ob man einem Menschen oder einem Tier die Kehle durchschnitt. Wohl aber, ob das erlegte Tier noch lebte oder nicht. Alles in allem blieb es aber eine sehr blutige Angelegenheit. Wenn er daran dachte, wie sein Großvater früher den Hausschweinen ans Leder ging, liefen ihm kalte Schauer über den Rücken. Das durchdringende Quieken der Säue ging ihm bis heute durch Mark und Bein.

Ob er den Mut aufbringen würde, mit einem Messer auf einen Menschen loszugehen, konnte er im Voraus nicht sagen. Genauso wenig wie er wusste, wer sein Opfer eigentlich sein würde. Aber das herauszufinden, durfte nicht allzu schwierig sein. Das Kaff war schließlich nicht größer als das Dorf, in dem er wohnte.

Er spürte wieder diese unbändige Wut in sich aufsteigen. Die schlafenden Hunde in ihm waren längst hellwach und lauerten in Habachtstellung, jederzeit zum Angriff bereit.

„Tut mir leid, Mama", flüsterte er leise und warf einen scheuen Blick gen Himmel. Auch wenn er ihr versprochen hatte, die Angelegenheit auf sich beruhen zu lassen. Er konnte es einfach nicht.

Es dämmerte bereits. Langsam sollte er sich auf den Weg machen. Er hatte noch eine weite Fahrt vor sich. Er nahm das Jagdmesser aus der Küchenschublade und packte es zu den Werkzeugen im Wagen. Den geflochtenen Weidenkorb, der ihm zum Transport diente, deckte er mit seiner alten dunkelbraunen Strickjacke zu. Die gute Jacke legte er vorne neben sich auf den Beifahrersitz. Niemand, der zufällig einen Blick ins Wageninnere warf, würde Verdacht schöpfen.

Neben ihm auf dem Beifahrersitz lag auch seine Sporttasche mit Wechselkleidung für drei Tage. Das sollte genügen, um die Mission zu erfüllen. Er öffnete den Reißverschluss und tastete sich vorsichtig zum Taschenboden vor, bis er das kalte Eisen des alten Jagdgewehrs fühlte. Die passende Munition befand sich im Korb auf dem Rücksitz. Zusammen mit dem größten Schraubenschlüssel, den er in der Garage gefunden hatte, einem Maurerhammer und einer Handsäge. Man konnte nie wissen, wozu das alles dienlich sein würde.

Manfred war gerne gut vorbereitet. Vor allem in Situationen, deren Verlauf er nur vage abschätzen konnte. Er atmete tief durch und stieg ins Auto. Er ließ den Wagen langsam aus der Hofeinfahrt auf die Straße rollen. Sobald Manfred spürte, dass die Räder fest auf dem Straßenteer hafteten, gab er Vollgas und brauste gen Norden.

Wenn ihn jemand in diesem Moment gefragt hätte, ob er wusste, was er tat, hätte er vermutlich geantwortet, dass er ausschließlich seinem Instinkt gefolgt war. Aber das war eine Lüge. Er war sich seines Handelns voll bewusst und auch der Konsequenzen, die sein Tun möglicherweise nach sich ziehen würde.

Nach wenigen Kilometern wechselte er von der Schnellstraße auf die Autobahn. Sein rechter Fuß drückte das Gaspedal nach unten, bis die Tachonadel anfing zu zittern. Aus dem braven Schoßhund, der sich Jahrzehnte hinter der Fassade der Scheinheiligkeit versteckt hatte, war längst ein gefährlicher Bullterrier geworden. Bereit zuzubeißen und notfalls auch zu töten. Manfreds Hände krallten sich tiefer in das kalte Leder des Lenkrads. Das Geräusch des übersteuerten Motors dröhnte in seinen Ohren. Mit Vollgas brauste er über die Fernstraße. Als der morgendliche Berufsverkehr einsetzte, war er sprichwörtlich längst über alle Berge.

*

Es war noch dunkel als er das Ortseingangsschild des Dorfes passierte. Sein alter Mercedes hatte ihn auf der Fahrt mehrmals im Stich gelassen, sodass Manfred etwa doppelt so lange gebraucht hatte wie berechnet. Das Prachtstück, wie Manfred den Wagen liebevoll nannte, hatte er von seiner Mutter geerbt. Immerhin hatte das Auto schon mehr als dreißig Jahre auf dem Buckel und durfte sich nun offiziell Oldtimer nennen. Manfred lag nichts an solchen Dingen. Sich von dem Auto zu trennen, wäre ihm dennoch nie in den Sinn gekommen. Er liebte das Armaturenbrett aus Mahagoniholz und die lederne Mittelkonsole, die dem Wagen bis heute einen Hauch von Besonderheit verliehen. Außer dem defekten Schloss des Handschuhfachs war der Innenraum des Autos tadellos.

Mit einer geübten Handbewegung schlug Manfred gegen die herunterhängende Klappe und bemerkte zufrieden, wie das Schloss einrastete. Er schaltete den Motor aus und ließ den Wagen lautlos auf den Parkplatz in der Ortsmitte rollen. Er schaute sich um. Es war eine Weile her, dass er das letzte Mal hier gewesen war. Aber er brauchte nicht lange, um sich zu orientieren. Vor ihm lag der Gasthof, in dem er auch im Vorjahr abgestiegen war. Aus Mangel an Alternativen hatte er sich auch diesmal für diese Pension entschieden. Außerorts zu wohnen, kam für ihn nicht in Frage. Er wollte möglichst nahe am Geschehen sein und alles mitbekommen, was in diesem Dorf passierte. Und dass etwas passieren würde, dafür würde er höchstpersönlich Sorge tragen.

In der Bäckerei schräg gegenüber brannte bereits Licht. Manfred schaute auf seine Armbanduhr. Dass es so spät, oder besser gesagt, dass es so früh am Tag war, hätte er nicht gedacht. Er beschloss, noch eine Weile im Wagen sitzen zu bleiben, bis die ersten Hausgäste zum Frühstück erschienen. Wenn er die Wirtsleute zu nachtschlafender Zeit aus dem Bett holte, würden sie sich später ganz sicher an ihn erinnern.

Manfred war daran gelegen, sich möglichst unauffällig zu verhalten. Er kurbelte den Sitz in eine bequemere Position und lehnte sich zurück. Bevor er die Augen schloss, bemerkte er, dass auch in dem Haus neben der Bäckerei ein Fenster beleuchtet war. Seltsamerweise war ihm das Haus bei seinem letzten Besuch gar nicht aufgefallen. Der Bausubstanz nach handelte es sich, soweit Manfred das im spärlichen Licht der Straßenlaterne beurteilen konnte, aber um keinen Neubau.

Er kniff die Augen zusammen und versuchte, die Schrift auf dem Türschild zu entziffern. Aus der Entfernung war das gar nicht so leicht. Manfred musste sich eingestehen, dass seine Sehkraft auch allmählich nachließ. Er kniff die Augen fest zusammen, bis er auf einer Blechtafel das Wort *Ferienwohnungen* neben fünf goldgelben Sternen abgebildet sah.

Manfred war verwundert. Er hatte nicht gewusst, dass im Ort Ferienwohnungen angeboten wurden und das touristische Angebot erweiterten. Eine derartige Unterkunft wäre für seine Zwecke noch idealer gewesen als ein Pensionszimmer in der Dorfwirtschaft. Die Sache mit dieser Hängeseilbrücke hatte er offenbar unterschätzt. Allem Anschein nach kamen doch mehr Touristen in dieses Kaff als erwartet. Vielleicht konnte er den Vermieter später kontaktieren und für nächstes Jahr ein Apartment direkt neben der Bäckerei reservieren. Falls das überhaupt noch notwendig sein würde.

*

Manfred erwachte vom Glockengeläut. Er brauchte einen Moment, um zu realisieren, dass er sich auf dem Parkplatz vor der Dorfwirtschaft von Mörsdorf befand. Er musste kurz eingenickt sein. Dem Glockengeläut nach zu urteilen war es halb sieben in der Früh. Genau wie in seinem Heimatdorf begann der Tag auch hier mit dem Angelusläuten.

Höchste Zeit für ein Frühstück. Im Gastraum brannte bereits Licht. Manfred stieg aus dem Auto, holte seine Reisetasche vom Beifahrersitz und hielt auf den Eingang zu.

Drinnen war es warm und es roch nach frisch aufgebrühtem Kaffee. Ein Mann und eine Frau in Wanderkleidung saßen an einem der hübsch eingedeckten Tische. Das rosagrüne Blumenmuster der gepolsterten Holzstühle erinnerte ihn an das Interieur im Wirtshaus seines Heimatdorfes. Ein ungewohntes Gefühl von Wärme durchflutete ihn und für einen Moment fühlte Manfred sich wohl in seiner Haut.

Der Frühstücksraum wirkte einladend. Ein großes Panoramafenster gab den Blick auf die Dorfmitte sowie den Parkplatz, auf dem Manfred den Wagen abgestellt hatte, frei.

Das Ehepaar, das ihn beim Hereinkommen beobachtet hatte, nickte ihm kurz zu und widmete sich dann wieder seinem Frühstück. Manfred lief das Wasser im Mund zusammen, als er sah, wie der Mann herzhaft in ein mit Wurst belegtes Brötchen biss. Erst jetzt fiel ihm auf, dass er Hunger hatte.

Er hatte seit Stunden nichts mehr gegessen. Er stellte seine Reistasche an der Garderobe ab und setzte sich an einen freien Tisch am Fenster, von wo aus er sein Auto im Blick behalten konnte. Es war ihm lieber, dass niemand dem Wagen zu nahe kam, solange der Korb mit dem Werkzeug auf der Rückbank stand. Aber jetzt wollte er erst einmal ausgiebig frühstücken. In den kommenden Tagen blieb ihm genügend Zeit, um über seine Mission nachzudenken.

Fünf

Franka fiel Jutta vor Freude um den Hals. Die Freundinnen hatten sich lange nicht gesehen, standen dank *WhatsApp* und Internet jedoch in ständigem Kontakt. Franka wusste, was in Juttas Leben passierte und umgekehrt.

Frankas Freundin arbeitete als Sozialarbeiterin beim Jugendamt der Stadt Köln. Das war ohnehin kein leichter Job und im städtischen Umfeld noch sehr viel komplexer als auf dem Land. Erst kürzlich war Jutta Opfer einer Messerattacke geworden. Glücklicherweise war sie mit einer leichten Schnittverletzung davongekommen, die ihr ein Jugendlicher unter Drogeneinfluss zugefügt hatte. Keine große Sache, aber dennoch Grund genug, sich ein paar Tage frei zu nehmen. Eine kleine Auszeit im Hunsrück kam der Freundin also gerade recht. Franka freute sich, dass Jutta sich sofort dazu bereit erklärt hatte, ihr beim Umzug zu helfen.

Da galt es, keine Zeit zu verlieren. Je schneller Frankas Habseligkeiten den Standort wechselten, desto besser. Zu zweit war es leicht, die Kartons vom Haus ins Auto zu befördern. Die neue Wohnung war größtenteils möbliert. Wie das bei Ferienwohnungen nun mal üblich war. Die Einrichtung war modern und traf Frankas Geschmack. Das Haus hatte große Fenster, die den Räumen eine ungewohnt luftige Leichtigkeit verpassten.

Nach zwei Jahren im Altbau mit niedrigen Decken und winzigen Fenstern kam Franka das sehr entgegen. Ihre alte Kommode, die *Tolomeo*-Stehleuchte und der graue Clubsessel im Siebzigerjahre-Look zogen mit Franka um. Die restlichen Möbel blieben da, wo sie waren. Genau wie Rubens. Katzen hassten Umzüge und lebten stets dort, wo sie geboren oder zumindest dort, wo sie aufgezogen wurden.

Die Vermieterin beharrte darauf, dass der Kater im Haus blieb. Franka hatte sich ernsthaft überlegt, ob sie ihn nicht einfach entführen und mitnehmen sollte.

Nach ihrer anfänglichen Abneigung gegenüber Haustieren im Allgemeinen hatten die beiden sich am Ende doch aneinander gewöhnt und Franka musste sich eingestehen, dass sie ein wenig Wehmut verspürte, wenn sie an das verschmuste Fellknäuel dachte. Bei den Nachmietern wird er es sicher auch gut haben, tröstete sie sich. Vor ein paar Tagen hatte eine Familie mit zwei Kleinkindern das Haus besichtigt und sich ganz begeistert gezeigt. Die vier konnten es kaum erwarten, einzuziehen. Von dem Einbruch hatte Franka nichts erzählt. Es war nicht von Belang. Schließlich war es kein gewöhnlicher Einbruch. Der Auftraggeber hatte es ja ganz speziell auf etwas abgesehen, das sie damals besessen hatte.

Den Fall hatte Jan glücklicherweise lösen und erfolgreich abschließen können. Die Verletzung, die sie sich bei dem Überfall zugezogen hatte, war soweit verheilt. Theoretisch hätte sie längst wieder arbeiten können. Aber ihre Chefin, Paula Linden, bestand darauf, dass sie sich vollständig erholte und endlich ihren Resturlaub nahm. Franka fügte sich. Immerhin konnte sie die gewonnene Zeit jetzt auch sinnvoll nutzen.

Nicht nur zum Umzug in die neue Wohnung, sondern auch dazu, um Altlasten loszuwerden. Außerdem wollte Franka möglichst viel Zeit mit Jutta verbringen. Sie wollte mit ihr die Wanderwege im Hunsrück und die Sehenswürdigkeiten an der Mosel erkunden. Es gab so viel zu sehen. Als Landei vom Hunsrück brauchte man sich hinter keinem Städter zu verstecken. Zumindest nicht, was das Freizeitangebot anging.

Jutta kam mit dem letzten Karton die Treppe hoch und ließ sich neben Franka auf die Kommode plumpsen. „Geschafft", stöhnte sie völlig außer Atem und wischte sich eine Schweißperle von der Stirn.

„Ich würde dir ja jetzt einen Kaffee anbieten, aber ich weiß leider nicht, wo die Maschine ist."

Jutta tat empört. „Das ist so typisch für dich. Wie sollen wir hier morgen frühstücken? Du weißt genau, dass ich ohne meinen Kaffee am Morgen ungenießbar bin."

„Na dann fang ich schon mal an zu suchen." Franka öffnete einen Umzugskarton und zog eine Haarbürste, den Seifenspender und das Nudelsieb heraus. Leider keine Kaffeemaschine. Dafür fiel ihr ein alter Jahreskalender mit Sprüchen in die Hände. Es war ihr schleierhaft, wo das Teil herkam. Sie hatte nicht gewusst, dass sie einen solchen Kalender überhaupt besaß, fing aber sofort an, darin zu blättern. Sie hockte sich neben Jutta auf die Kommode und las laut vor: „Wirf unnötigen Ballast ab und lebe befreiter."

Der Spruch traf doch genau ins Schwarze. Franka fühlte sich definitiv befreit. Sie nahm Jutta vor Freude in den Arm. Am liebsten hätte sie auch das Fenster zur Straße aufgerissen und vor Glück laut geschrien. Wäre da nicht dieser Mann in Lederhosen und Karohemd gewesen, der einen durchdringenden Blick in ihre Richtung warf, hätte sie es vermutlich auch getan.

Sechs

Die ersten Frühaufsteher waren bereits mit Brot, Brötchen oder süßen Backwaren versorgt. Bis Trudels Kundschaft die zweite Runde einläutete, blieb Zeit für eine Verschnaufpause. Die Bäckersfrau goss sich hinter der Ladentheke einen Kaffee ein und schaute aus dem Fenster. Trudel liebte den freien

Blick über die Port, wie der Dorfplatz von den Einheimischen genannt wurde. Vom Laden aus konnte sie genau beobachten, wer im Ort ankam und abfuhr. Aber an diesem Tag war ihr wehmütig ums Herz. Es war der Todestag ihrer besten Freundin Magdalena. Und auch Magdalenas Bruder Karl war vor zwei Jahren um diese Zeit, genau während der Vorbereitungen für das Oktoberfest, ganz plötzlich verstorben.

Die *Mörsdorfer Wiesn* hatte für Trudel deshalb einen bitteren Beigeschmack bekommen. Dennoch hoffte sie in diesem Jahr auf zahlreiche Gäste. Schließlich hatte sie als Bäckersfrau auch etwas davon, wenn Leute ins Dorf kamen. Was passiert war, konnte man ohnehin nicht rückgängig machen. Trudel seufzte. Es half alles nichts. Sie musste stark bleiben und optimistisch in die Zukunft schauen.

Draußen fielen ein paar Sonnenstrahlen auf den Dorfbrunnen und verliehen dem Platz einen selten goldigen Glanz. Genau so, wie es sich für einen schönen Herbsttag gehörte. Auch wenn die Temperaturen kaum zweistellige Gradzahlen erreichten. Schönes Wetter mit Sonnenschein bei kühler Trockenheit war immer noch die beste Voraussetzung für ein gutes Gelingen der Feierlichkeiten.

Auch Trudel war gut vorbereitet. Die Aussicht auf internationale Kundschaft hatte sie dazu beflügelt, das Angebot um Laugenbrezeln zu erweitern. Das war zwar nicht gerade eine typische Spezialität aus dem Hunsrück, aber die *Wiesn* hatte man ja auch eher aus Bayern übernommen. Trudel wollte den Touristen schon auch das bieten, was sie von einem bayerischen Fest erwarteten. Auch wenn Bayern vom Hunsrück rund vierhundert Kilometer entfernt war.

Natürlich hatte die Bäckersfrau auch ihre Spezial-Hefeklöße gebacken, die man gemeinhin unter dem Namen *Berliner* kannte. Außer in Berlin, da nannte man sie komischerweise *Pfannkuchen*. Trudel schmunzelte, wenn sie daran dachte. Aber ganz gleich unter welchem Begriff man ihre Hefeklöße schätzte, die Hauptsache war, dass sie schmeckten.

Früher buk man Hefeklöße nur in der Weihnachts- und in der Fastnachtszeit. Da das Gebäck bei den Kunden aber gut ankam und außerdem die Nachfrage stetig stieg, hatte Trudel beschlossen, sie auch zum Oktoberfest anzubieten. Es schadete schließlich niemandem, wenn sie ihr Angebot erweiterte. Ihre Hefeklöße füllte Trudel mit selbstgemachter Marmelade, was dem Gebäck eine besondere Note verlieh, die die Bäckersfrau auch gerne als solche vermarktete. Es hatte sich längst herumgesprochen, denn inzwischen kamen die Leute von weit her angereist, um sich das süße Backwerk mit der tollen Füllung schmecken zu lassen.

Trudel sah, wie ein junges Paar aus einem schicken Sportwagen stieg, den es leider genau dort abgestellt hatte, wo er Trudel die ganze Sicht versperrte. Das konnte sie nicht durchgehen lassen. Außer vielleicht, wenn die beiden sich dazu entschließen würden, es sich in ihrem Café gemütlich zu machen. Die kamen aus der Stadt, das sah Trudel sofort.

Gut, sie hätte es auch am Kennzeichen erkennen können. Aber da musste sie gar nicht draufschauen. So wie die angezogen waren, so würde hier kein Mensch herumlaufen. Außer vielleicht früher der Hannes. Der war auch immer sehr modisch gekleidet. So jedenfalls hatte er es ihr einmal erklärt, als sie sich ein breites Grinsen über giftgrüne Socken in knallroten Schuhen mal wieder nicht verkneifen konnte. Aber leider war der jetzt auch tot. Ermordet.

Trudel lief ein kalter Schauer über den Rücken. So hatte alles angefangen. Das mit den Toten im Dorf. Sie musste zugeben, dass seit der Eröffnung der Hängeseilbrücke alles aus dem Ruder lief. Sie war ja nicht gegen die Brücke. Im Gegenteil. Schließlich verdiente sie gutes Geld an den Touristen, die sich in der Bäckerei mit belegten Brötchen, Teilchen und Kaffee zum „Mitholen“ eindeckten. Die Investition des teuren Vollautomaten hatte sich längst bezahlt gemacht. Trotz anfänglicher Skepsis. Aber verstehen konnte sie die Brückengegner irgendwie schon. Früher war es ruhiger im Dorf.

Da! Jetzt war sie mit ihren Gedanken abgeschweift und hatte das Pärchen aus den Augen verloren. Natürlich waren sie nicht in ihre Bäckerei gekommen, aber das Auto stand ihr immer noch im Weg. Da musste sie doch gleich mal rausgehen und den beiden ein „Liebesbriefchen“ unter die Scheibenwischer klemmen. Dabei durfte sie sich bloß nicht von Hansen erwischen lassen. Es war zwar nicht die Aufgabe des Dorfpolizisten, Ordnungsgelder zu verhängen, aber ihre eben auch nicht. Genau genommen tat sie das ja gar nicht. Sie wies lediglich sehr höflich darauf hin, sich einen anderen Platz zum Parken zu suchen. Wer ihre Aufforderung anders verstand, war selbst schuld.

Sie hatte den Türgriff schon in der Hand, als ein Mann auf den Laden zukam. Möglicherweise handelte es sich um Kundschaft. Trudel verzog sich wieder hinter die Verkaufstheke und setzte ihr freundlichstes Lächeln auf. Heutzutage wurde ja alles im Internet bewertet. Da war sie schon erpicht drauf, jede Menge Punkte einzuheimsen. War ja schließlich auch förderlich fürs Geschäft. Und geschäftstüchtig war Trudel. Wer da etwas anderes behauptete, der hatte nun wirklich überhaupt keine Ahnung von der Welt. Vorhin hatte sie schon diese nervige Silke Sommer abwimmeln müssen. Die hatte doch tatsächlich erwartet, dass sie ihr das Rezept ihrer selbstgemachten Pflaumenmarmelade verraten würde.

Na, die hatte Nerven. Als ob Trudel Hoffmann mit einem geheimen Familienrezept hausieren ging. Es war nicht zu fassen, was sich manche Menschen so vorstellten. Am liebsten hätte Trudel diese blöde Gans hochkant aus dem Laden geworfen. Ging natürlich nicht. Wegen der Internetbewertungen. Trudel rückte ihre Schürze gerade, als das Glöckchen über der Ladentür zu bimmeln anfing.

„Guten Taach, was darf's denn sein?", begrüßte Trudel den Kunden mit ihrer Ich-bin-eine-gute-Verkäuferin-Stimme.

Der Mann schaute nur kurz zu ihr auf und zeigte wortlos mit dem Finger auf die Auslage.

„Ein Streuselchen darf's sein?"

Kopfschütteln auf der Gegenseite.

„Nein, lieber etwas anderes?" Trudel war verunsichert. Konnte der nicht reden oder wollte der nicht?

Der Zeigefinger des Fremden klopfte an den Spuckschutz der Auslage.

„Vielleicht einen *Berliner*, Hefeklöße heißen die bei uns. Auch sehr zu empfehlen. Hab ich selbst gefüllt. Mit hausgemachter Zwetschenmarmelade, echter *Hunsrücker Leckschmier*, nach altem Familienrezept. Die müssen Sie probieren. Das ist was ganz anderes, als die billigen Dinger, die man am Backautomaten im Discounter bekommt."

Trudels netter Versuch war leider wieder nicht zielführend.

Der Mann nickte nur, verzog aber weiterhin keine Miene und blieb stumm.

„Einen oder lieber gleich zwei. Vielleicht für die Gattin?" Trudel gab nicht auf.

Auch wenn sie nur stummes Kopfschütteln erntete. So sehr die Bäckersfrau sich auch bemühte, diesen Kunden konnte sie nicht aus der Reserve locken. Dabei kam er ihr so bekannt vor. Trudel hätte schwören können, dass sie den Mann schon einmal gesehen hatte. Sie versuchte es erneut.

„Sie waren schon öfterster hier, gell?“

Ihr Gegenüber zuckte mit der Schulter. Aber immerhin sprach er endlich, auch wenn er nur ein kurzes „Was macht das?“ hervorbrachte.

„Was jetzt?“ Trudel war verwirrt. „Wollen Sie den Hefekloß – einen oder zwei?“

Der Mann streckte ihr den Daumen entgegen, was wohl so viel heißen sollte wie: Ein Stück Hefekloß bitte. Da, wo der herkam, war Höflichkeit wohl ein Fremdwort. Trudel nahm das Teilchen aus der Auslage und ersparte es sich, danach zu fragen, ob sie den *Berliner* einpacken sollte, oder ob er ihn gleich verzehren wolle.

„Macht genau einen Euro dann.“

Der Mann zahlte, drehte sich wortlos um und verließ die Bäckerei.

„Komischer Vogel“, murmelte Trudel halblaut und schüttelte dabei verständnislos den Kopf. Es kam ja häufiger vor, dass schräge Typen hier auftauchten. Aber so ein Knorzbeutel war ihr lange nicht untergekommen. Im Vergleich zu dem, zählte ja selbst die nervige Silke Sommer zur Traumkundschaft.

Über den seltsamen Kunden hatte Trudel glatt vergessen, dass sie dem Paar mit dem Sportwagen ein Knöllchen verpassen wollte. Aber es hatte sich ohnehin erledigt. Als Trudel wieder aus dem Fenster sah, bemerkte sie, dass der Sportwagen weg war. Das war ärgerlich, aber wenigstens konnte sie jetzt hindernisfrei von der Bäckerei aus auf den Dorfplatz sehen.

Sieben

„Sie gehen in den Ort rein, die erste Straße links, dann sind Sie schon auf dem Weg zur Brücke. Eins Komma acht Kilometer. Eineinhalb Stunden." Die Mitarbeiterin des Informationspunktes breitete, während sie sprach, ein Faltblatt auseinander und zeichnete den Weg mit ihrem Kugelschreiber nach. An einer Stelle malte sie ein Kreuz. „Hier ist die Brücke, dreihundertsechzig Meter lang, hundert Meter hoch. Falls sie eine längere Wanderung planen, gibt es diesen Rundweg." Wieder fuhr der Kugelschreiber über das Papier, zeichnete diesmal allerdings einen Kreis. „Dann sind Sie in drei Stunden wieder hier an Ort und Stelle." Frau Nachtigall sah Manfred erwartungsvoll an.

Der Name der Mitarbeiterin des Servicepunktes der Tourist-Information der Ferienregion Kastellaun war, genau wie die detaillierte Berufsbezeichnung, auf einem kleinen Schild abzulesen, das an der Bluse der Mittvierzigerin haftete. Manfred musste sich regelrecht dazu zwingen, den Blick von Frau Nachtigalls opulentem Dekolleté abzuwenden. So eine fesche Maid war genau nach seinem Geschmack. Außer vielleicht, dass sie zu viel quatschte. Ansonsten hätte sie sogar Gnade in Mutters Augen gefunden. Da war Manfred sich ziemlich sicher. In Gedanken malte er sich bereits aus, wie er die Dame zum Traualtar seiner Heimatkirche führte.

„Alles in Ordnung?" Frau Nachtigall machte seinem Tagtraum ein jähes Ende. Ihr Blick war skeptisch, zeigte jedoch keine große Besorgnis. Komische Vögel wie er waren für die Gästeführerin anscheinend keine Seltenheit.

Manfred gab weiterhin den braven Brückentouristen. Er nahm das Faltblatt von der Theke, nickte Frau Nachtigall kurz zu und verließ den Shop, um dem von der Fachfrau gekennzeichneten Weg zur Hängeseilbrücke zu folgen.

Am Brückenkopf tummelten sich schon zahlreiche Besucher. Alle Nationalitäten und Altersgruppen waren vertreten. Unter das für Manfred größtenteils unverständliche Stimmengewirr mischte sich der Klang einer Mundharmonika. Manfred sah sich um und nahm, als er den Musiker ausgemacht hatte, neben dem Mann auf einer der Ruhebänke Platz. Er hatte es nicht eilig und lauschte fast andächtig den volkstümlichen Weisen, die er noch aus seiner Kindheit kannte. Dabei ließ er den Blick über die Höhen des Hunsrücks schweifen. Diese Landschaft hatte etwas Beruhigendes. Die Baumwipfel am Horizont wiegten sich sanft im Takt der Musik. Sogar das Drehen der Windräder schien der Mundharmonikaspieler zu steuern.

Als das Repertoire des Mannes erschöpft war und dieser seinen Platz verließ, um andernorts weiterzuspielen, setzte auch Manfred seinen Weg fort.

Das unkontrollierte Schaukeln beim Betreten der Brücke gefiel ihm. Im Gegensatz zu anderen Besuchern, die sich krampfhaft am Geländer festklammerten, genoss er das Gefühl von leichter Trunkenheit beim Überqueren des schwankenden Bauwerks. Genau in der Mitte blieb er stehen und schaute hinunter ins Tal. Die von Frau Nachtigall angekündigten hundert Höhenmeter schienen ihm viel weniger bedrohlich als erwartet. Erst, als er Wanderer auf dem Weg unterhalb der Brücke entdeckte und bemerkte, wie klein die Menschen doch von oben aus gesehen waren, wurde ihm klar, dass es sich hier tatsächlich um einen nicht zu unterschätzenden Abgrund handelte. Höhenangst war für Manfred allerdings ein Fremdwort.

Er ging, ohne sich festzuhalten, schnurstracks bis zum Ende der Brücke. Auf der anderen Seite ging es ruhiger zu. Außer dem Besitzer eines Grillfahrrads, der Bratwürste und kalte Getränke feilbot, gab es nur wenige Besucher. Ein paar Wanderer lümmelten auf einer der körperfreundlich geformten Sinnenbänke und genossen die Aussicht auf die Brücke und das darunter liegende Tal. Manfred tat es den anderen Touristen gleich und beobachtete andächtig die untergehende Sonne.

Dabei stieg ihm der Duft von Gegrilltem in die Nase. Es roch so verlockend, dass Manfred nicht widerstehen konnte und sich an dem mobilen Grillfahrrad eine Wildbratwurst kaufte. Er tat ordentlich Senf darauf und nahm einen herzhaften Bissen. Es schmeckte köstlich. Manfred genoss es. Warum sollte er sich nicht auch einmal etwas leisten? Zum Nachtisch aß er den *Berliner*, den er am Morgen bei der schwatzhaften Bäckersfrau erstanden hatte. Die Füllung war wirklich einzigartig. Das musste Manfred zugeben. Seine Finger waren von Zucker und Marmelade noch ganz klebrig. Er suchte nach einem Papiertaschentuch, leckte aber, als er keines fand, aus Mangel an Alternativen, seine Hände mit der Zunge ab und wischte sie an seiner Hose trocken. Irgendwie fühlte er sich in diesem Dorf in seine Kindheit zurückversetzt. Er dachte an die wenigen schönen Momente, die es für ihn gegeben hatte. Dazu zählte zweifellos der Genuss selbstgekochter Marmelade. Das Zwetschgenmus seiner Mutter schmeckte fast genauso wie das der dicken Bäckerin.

Später, als er weiterging, spürte er, dass die Luft kühler geworden war. Die Sonne war bereits untergegangen. Manfred schloss die obersten Knöpfe seiner Jacke und beschleunigte seinen Schritt. Am Ende des geteerten Wanderweges traf er auf einen alten Schuppen. Manfred war neugierig, was es damit auf sich hatte. Als er näher kam, sah er, dass das Gebäude leer stand. Manfred drückte seine Nase an der schmutzigen Fensterscheibe platt und erkannte eine Hebebühne, auf der ein alter Jeep mit offener Motorhaube aufgebockt war. Der Wagen hatte keine Türen mehr.

Nicht nur deshalb war Manfred klar, dass es sich um eine verlassene Werkstatt handelte, in der schon lange niemand mehr gearbeitet hatte. Auf dem rohen Betonboden lagen überall verstreut etliche Werkezuge herum. Manfred hatte einen Riecher für sogenannte „Lost Places“ und dieser hier gehörte ganz sicher dazu. Im Licht der Dämmerung schlich er vorsichtig um das Gebäude herum, bis er auf der dem Weg abgewandten Seite den Eingang fand.

Manfred drückte die Klinke herunter. Quietschend öffnete sich die Tür und Manfred trat ein. Er betätigte den Lichtschalter – wie er erwartet hatte, passierte nichts. Deshalb leuchtete er mit der Taschenlampe seines Handys den Raum aus, fand den Sicherungskasten und drückte den herausgesprungenen FI-Schalter nach oben. Die Neonröhre, die an einer Eisenkette von der Decke hing, war die einzige Lichtquelle im Raum. Es dauerte ein paar Sekunden bis sie ansprang. Als die Lampe kurz aufflackerte, schaltete Manfred das Licht schnell wieder aus. Ein Lichtschein war mitunter bis ins Dorf zu sehen. Es musste ja nicht jeder wissen, dass in dem alten Schuppen Bewegung war. Nicht, dass noch jemand auf dumme Gedanken kam. Hier gab es ganz sicher nichts zu holen. Möglicherweise konnte ihm das Gebäude später noch als Unterschlupf dienen. Je nachdem was geschah. Wer wusste das schon?

Auf dem Boden fand Manfred eine Dose Schmieröl. Er hob sie auf und fettete mit dem Inhalt die Bolzen der Eingangstür ein. Dann schloss er die Tür von außen und verließ den Platz so unauffällig, wie er gekommen war.

Es war fast dunkel, als er sich auf den Rückweg machte. Er wählte wieder den Weg über die Brücke und kam dabei am Festzelt vorbei. Ein kühles Bier vorm Schlafengehen hätte ihm schon zugesagt. Doch leider ging der Ausschank erst am nächsten Tag los. Seinen Schlummertrunk musste er wohl oder übel in der Dorfwirtschaft zu sich nehmen.

Acht

„Ich bin zu fett für das Ding." Franka drehte sich vor dem Spiegel in ihrem neuen Schlafzimmer, um sich von allen Seiten zu betrachten. Ein Dirndl anzuziehen wäre ihr von allein nie und nimmer in den Sinn gekommen. Aber ihre beste Freundin Jutta hatte darauf bestanden. Ein Oktoberfestbesuch ohne zünftige Kleidung käme überhaupt nicht infrage, behauptete sie. Also tat Franka ihr den Gefallen und zog das Trachtenkleid über. Sie fühlte sich sichtlich unwohl in dem kurzen Kleid. Zu viel Busen, zu dicke Beine … Franka war unzufrieden. Das Kleid passte einfach nicht zu ihr. Und es wurde auch nicht besser, je länger sie sich vor dem Spiegel drehte. Im Gegenteil.

„Juttaaa!" In Frankas Schrei lag Verzweiflung. Die Freundin stürzte aus dem Nebenraum herein und wäre dabei fast über einen der Umzugskartons gestolpert, die überall in der Wohnung herumstanden. Zum Auspacken waren die Freundinnen noch nicht gekommen. Dazu war noch keine Zeit. Das halbe Dorf stand Kopf wegen der Eröffnung der *Mörsdorfer Wiesn*. Wen interessierte es da, ob die Bücher im Regal und die Wäsche im Schrank verstaut waren. Wenn

Franka sich allerdings so umschaute, beschlich sie doch der Gedanke, ob sie nicht besser auf den Festbesuch verzichtete und sich stattdessen um ihre Wohnung kümmerte. Wie sie das allerdings Jutta beibringen sollte, die extra wegen des Oktoberfestes angereist war, wusste sie nicht.

Jutta eilte zu Hilfe. Im dunkelblaugemusterten Kleid mit heller Schürze stand sie, bereits ausgehfertig, im Türrahmen. Neidisch musterte Franka die Freundin. Jutta stand das Dirndl wirklich ausgezeichnet. Franka hingegen kam sich vor wie ein Bauerntrampel. Selbst Jutta konnte bei ihrem Anblick ein breites Grinsen nicht unterdrücken.

„Hast du keine Shapewear?“

„Shape was?“

„Och Franka. Du lebst doch nicht hinterm Mond. Shapewear, dein kleiner Helfer in der Not.“ Jutta holte ihre Reisetasche unterm Bett hervor und fischte ein schwarzes Etwas aus dem Seitenfach.

„Du hast einen Gummischlauch dabei?“

Jutta verdrehte die Augen, ließ sich aber nicht entmutigen. „Kleid aus, Shapewear an und dann probieren wir es noch mal“, befahl sie. Franka wagte nicht zu widersprechen und zwängte sich widerwillig in den vermeintlich Figur umschmeichelnden Schlauch. Ein Blick in den Spiegel bestätigte, dass das Ding seinem Namen alle Ehre machte.

Leider gab es einen Haken. „Ich kann das nicht anlassen.“ Franka japste nach Luft. „Viel zu eng“, stöhnte sie und rollte die Unterwäsche über Hüfte und Beine nach unten. „Das ist nix für mich, ehrlich.“ Franka warf ihrer Freundin einen flehenden Blick zu.

Jutta schüttelte verständnislos den Kopf. „Dann aber wenigstens eine karierte Bluse zur Jeans“, sagte sie bestimmt.

„Aj, aj, wird gemacht." Franka war erleichtert, schlüpfte wieder in ihre ausgebeulten Jeans und kramte aus dem Schrank eine alte rot-weiß-karierte Bluse hervor. Ein Teil, das erstaunlicherweise ausgerechnet in dem Karton gesteckt hatte, den Franka bereits ausgepackt hatte. Obwohl sie, wenn sie Jutta so aus den Augenwinkeln beobachtete, leisen Zweifel daran hegte, ob das wirklich ein Zufall war.

Die Bluse war zwar ein wenig verknittert, aber in dem Outfit fühlte Franka sich deutlich wohler als vorher. Der Blick in den Spiegel war zufriedenstellend.

„Von mir aus kann's losgehen."

Franka hakte ihre Freundin unter und zog mit ihr los zur feierlichen Eröffnung der *Mörsdorfer Wiesn.*

*

Es war laut und unerträglich heiß. Franka war froh, nur die dünne Bluse angezogen zu haben. Obwohl ihr diese Kleidung wenig Schutz bot. Vom Zeltdach tropfte der gesammelte Schweiß der Gäste. Gelegentlich landete auch mal ein Tropfen in einem der Bierkrüge. Ekelhaft! Franka schüttelte sich, wurde aber, bevor sie länger über die hygienischen Zustände nachdenken konnte, von Jutta in Richtung Theke geschubst.

Hinter dem Tresen waren Leo und Pierre in Aktion. So, wie die beiden dreinschauten, fühlten sie sich in der Rolle der bayerischen Festköche nicht gerade wohl.

„Hallo, ihr zwei. Viel zu tun?", fragte Franka ganz unbedarft. Von Pierre erntete sie einen bösen Blick. Leo beugte sich näher zu Franka herüber und flüsterte ihr etwas ins Ohr. Bei dem Lärm, den die Band machte, konnte Franka natürlich kein Wort verstehen. Sie zuckte nur mit den Schultern. Leo zog die Freundin ins Nebenzelt, in dem sich auch die mobile Küche befand. Hier war es deutlich leiser. Außerdem duftete es nach Sauerkraut und Speck. Franka lief das Wasser im Mund zusammen.

„Frag bloß nicht, Franka“, versuchte Leo noch mal eine Erklärung für Pierres Gesichtsausdruck. „Ich glaube, wenn er geahnt hätte, was bei dem Catering auf uns zukommt, hätte Pierre niemals zugesagt. Du weißt, er ist ein wahrer Verfechter der Slow-Food-Bewegung …“

„… und jetzt muss der arme Kerl hier eine Haxe mit Kraut nach der anderen raushauen“, vervollständigte Franka den Satz. „Tut mir echt leid für euch.“

Franka bedauerte ihren Freund und ehemaligen Nachbarn, obwohl sie fand, dass die beiden selbst schuld waren, wenn sie so blauäugig an die Sache rangegangen waren. Denn, dass bei einem Oktoberfest im Dorf keine Sterneküche gefragt war, hätte Pierre eigentlich wissen müssen.

„Ich denke, dass es in ein bis zwei Stunden, wenn erst mal alle satt sind, schon etwas ruhiger wird. Ich komme dann auf ein Bier zu euch raus. Falls Pierre mich bis dahin nicht gekillt hat“, fügte er augenzwinkernd hinzu. Es sollte spaßig klingen, aber Franka entging der Unterton in Leos Stimme nicht. Der Arme. Er würde es überleben, auch wenn Pierre sich sicher nicht ein zweites Mal dazu überreden ließ, auf der *Mörsdorfer Wiesn* zu kochen. Selbst dann nicht, wenn am Ende die Kasse stimmte.

Franka klopfte Leo aufmunternd auf die Schulter. „Wir sehen uns“, sagte sie zuversichtlich und ließ Leo mit seinem Schicksal allein.

Kaum stand sie wieder vor der Theke, drückte Jutta ihr auch schon einen Bierkrug in die Hand. „Von Klaus-Dieter“, sagte sie und deutete auf den gut aussehenden Mann neben ihr, der sich per Handschlag vorstellte. Franka war überrascht.

„Ich hab dich hier noch nie gesehen.“

„Kannste mal sehen, ich dich aber schon“, antwortete er. Klaus-Dieter erklärte, dass er im Dorf aufgewachsen sei, inzwischen in Koblenz wohne, aber regelmäßig an den Wochenenden seine Mutter in Mörsdorf besuche. Und Festivitäten wie Kirmes und Oktoberfest waren für ihn ohnehin ein Muss.

Klaus-Dieter erwies sich als ausgesprochen nett und sehr unterhaltsam. Leider auch als sehr trinkfest. Er lud die beiden ein, am Tisch seiner Clique mitzufeiern. Allen Unkenrufen zum Trotz wurde es ein wirklich lustiger Abend. Franka amüsierte sich prächtig und auch Jutta hatte ihren Spaß. Vor allem mit Klaus-Dieter. Gegen Mitternacht begleitete Klaus-Dieter die Freundinnen zurück ins Dorf. Erst als Franka das Festzelt verließ und ihr die kühle Nachtluft um die Nase wehte, spürte sie den Alkohol. Das Festbier war sehr süffig. Dazu kam die Hitze im Zelt. Beides Faktoren, die dazu führten, dass Franka, ohne es wirklich zu wollen, viel zu tief ins Glas geguckt hatte. Jutta hatte sich bereits bei Klaus-Dieter untergehakt.

Franka machte es ihr nach. An der Seite des stämmigen Kerls gelang es Franka, in der Spur zu bleiben. Obwohl sie sich ganz schön konzentrieren musste, um mit den beiden anderen Schritt zu halten.

Dass es zu späterer Stunde im Festzelt noch zu einem Streit zwischen zwei Einheimischen kam, die vom Bürgermeister höchstpersönlich aus dem Zelt katapultiert werden mussten, bekam Franka nicht mehr mit. Da lag sie nämlich längst in ihrem Bett und schnarchte selig vor sich hin. Auch, dass einer der beiden Streithähne das Dorf nicht mehr lebend erreichte, konnte Franka, als sie nach Hause ging, noch nicht wissen.

Aber auch, wenn sie es gewusst hätte, wäre der Lauf des Schicksals von Ewald Philipps wohl nicht aufzuhalten gewesen.

Neun

Wie so oft kam alles anders als gedacht. Der Lärm, der aus dem Festzelt schallte, war auch lange nach Mitternacht noch ohrenbetäubend. Manfred drehte an der Kurbel, um das Autofenster des alten Mercedes schalldicht zu verschließen. Der Oldtimer verfügte natürlich nicht über elektrische Fensterheber, sondern noch über welche, die sich von Hand in die gewünschte Position bringen ließen. Eigentlich. Doch so fest er auch drehte, es half nichts. Selbst im geschlossenen Wagen kam er sich vor, als stünde er direkt neben einer der riesigen Boxen, die man auf beiden Seiten der Bühne aufgestellt hatte. Ein Blick ins Zeltinnere am Vormittag hatte ihm genügt, um zu wissen, was sich hier abspielen würde. Er behielt recht. Es war ihm ein Rätsel, wie man bei dieser Lautstärke feiern konnte. An eine Unterhaltung mit anderen war doch da gar nicht zu denken. Was um alles in der Welt lockte die Besucher zu einer solchen Veranstaltung?

Manfred hatte beim besten Willen kein Verständnis dafür. Massenweise abgestandenes Bier aus Maßkrügen in sich hineinlaufen zu lassen und sich dabei vom Gedudel einer Band, die aus halbnackten Weibern bestand, volldröhnen zu lassen, war eben nicht das, was er unter einer zünftigen bayerischen Feier verstand. Aber sollte doch jeder feiern, wie er wollte. Ihm sollte es egal sein.

Das Wummern der Bässe ging durch Mark und Bein. Obwohl Manfred sicher fünfzig Meter vom Festzelt entfernt in einem, wie bereits erwähnt, verschlossenen Wagen hockte. Die Musik war grässlich. Nichts Volkstümliches, wie es sich für ein Oktoberfest gehörte. Nur moderner englischer *Yeahyeah*, bei dem die Madeln in feschen Dirndlkleidern und die Burschen in verwaschenen Jeans und rotkarierten Hemden wild auf und ab hüpften und dabei die Arme in die Höhe rissen.

Manfred löste seine Hände, die krampfhaft das Lenkrad umklammerten und streckte die Finger nach dem Einschaltknopf des Autoradios aus, zog sie aber sogleich wieder zurück. Um bei dem Lärm von draußen etwas hören zu können, hätte er die Lautstärke bis ins Unerträgliche aufdrehen müssen. Er resignierte und zog stattdessen seine Wollmütze über beide Ohren, lehnte sich im Autositz zurück und versuchte, sich zu entspannen. Möglicherweise musste er noch ziemlich lange in dieser Position verharren.

Irgendwann passierte, was er eigentlich für unmöglich gehalten hatte. Er nickte hinter dem Steuer seines geparkten Wagens ein und erwachte erst, als er vor dem Festzelt lautes Geschrei hörte.

Manfred setzte sich aufrecht hin, um besser sehen zu können, was draußen vor sich ging. Er sah, dass ein Mann im mittleren Alter zwei fast gleichaltrige Burschen im Schwitzkasten vor sich her zum Ausgang schob und dabei unablässig schimpfte. Der kleinere der beiden kam Manfred bekannt vor. Er öffnete das Wagenfenster einen Spaltbreit, nur so viel, dass er hören konnte, was gesprochen wurde. Bei dem Krach, den die Musik machte, musste er dafür schon ganz schön die Ohren spitzen.

„Wer sich nicht benehmen kann, der muss eben nach Hause gehen", schimpfte der Mann.

„Och naaaa, Büürgermäster, datt kannste doch net mache", lallte einer.

„Und wenn, dann den looo", sagte der andere.

Es war also der Bürgermeister, der da seine liebe Not hatte, zwei Raufbolde – oder sollte er lieber sagen zwei Saufkumpane – zu bändigen. Die Burschen hatten in der Tat ganz schön Schlagseite. Manfred bedauerte, dass er wegen der starken Alkoholisierung der Männer ihren ohnehin nur schwer zu verstehenden Dialekt nun noch undeutlicher wahrnahm. Der Bürgermeister hatte die beiden am Hals gepackt und erfolgreich aus dem Zelt herauskatapultiert. Doch sobald er den Griff lockerte, gingen die beiden Streithähne wieder aufeinander los.

„Du sollst die Finger von meiner Hannah loose. Dreckskerl", blökte der eine.

„Pah, von wegen dein Hannah, datt ich nicht lache", konterte der andere.

„Ihr seid bekloppt. Alle beide." Bevor die Situation eskalierte, schritt der Bürgermeister erneut ein, schubste den einen in die eine, den anderen in die andere Richtung und befahl: „Schluss jetzt. Ihr geht jetzt sofort nach Hause. Alle beide. Und zwar jeder zu sich. Du, Willi, gehst nach Sosberg. Und du, Ewald, ins Dorf. Und wehe dem ich sehe einen von euch heute Nacht noch mal hier auf der Wiesn."

Der Bürgermeister schien Einfluss auf die Männer zu haben. Mit eingezogenen Köpfen schlichen beide in unterschiedliche Richtungen davon. Der, den der Bürgermeister Willi genannt hatte, machte aber schon nach wenigen Schritten kehrt. Er blieb einen Moment stehen und schaute sich um. Manfred gefror das Blut in den Adern. Wenn Willi ihn entdeckte, war er verloren. Er rutschte im Sitz nach unten, sodass sein Kopf sich etwa auf Höhe des Lenkrads befand. Manfred konnte gerade noch sehen, was draußen passierte, hoffte allerdings inbrünstig, dass man ihn im Dunkeln nicht erkannte.

Aus seinem provisorischen Versteck heraus beobachtete er, wie Willi in seinen Hosentaschen kramte und kurz darauf einen Autoschlüssel in den Händen hielt, mit dem er schnurstracks auf Manfreds Wagen zusteuerte. Wenn der besoffene Kerl ihm den Lack seines Oldtimers verkratzte, konnte er was erleben. Leider waren Manfred derzeit die Hände gebunden. Er konnte nichts weiter tun, als Willi zu beobachten und zu hoffen, dass er es nicht auf sein Auto abgesehen hatte.

Willi schwankte. Es kostete ihn sichtlich Mühe, den Auslöser des automatischen Wagenöffners zu betätigen. Nach mehreren Fehlversuchen gelang es ihm. Manfred sah, dass die Blinker des Autos, das neben seinem Mercedes parkte, aufleuchteten. Es handelte sich ebenfalls um einen Mercedes. Allerdings ein Modell, das nicht wie sein Prachtstück die Bezeichnung Oldtimer verdiente. Manfred hätte das Auto lediglich als alte Karre tituliert. Dennoch, ein eigenartiger Zufall. Sowohl Automarke als auch Farbe waren gleich. Im Dunkeln waren die beiden Autos tatsächlich nur schwerlich voneinander zu unterscheiden.

Das brachte Manfred auf eine Idee. Er hatte Kommissar Zufall die Entscheidung überlassen. Er selbst musste jetzt nur noch reagieren.

Manfred ließ sich Zeit. Er beobachtete, wie Willi mehrmals erfolglos versuchte, die Fahrertür zu öffnen. Aber es wollte ihm einfach nicht gelingen.

„Ej Willi, du werst doch wohl datt Auto stieh losse“, tönte es wie aus dem Nichts.

Manfred erschrak wie ein Schulbub, den man beim Abschreiben erwischt hatte. Er wandte seinen Blick zum Zelteingang und sah einen Gast, der gerade dabei war, sich zu erleichtern und dabei herumblökte. Na, du hast es gerade nötig, andere zu maßregeln, dachte Manfred bei sich. Er schüttelte sich. Es war doch widerlich, an das Zelt, in dem gefeiert wurde, zu pinkeln. Er selbst hatte gesehen, dass es eine Toilettenanlage gab. Keine zehn Meter vom Eingang entfernt. Die schien aber von den männlichen Gästen gern ignoriert zu werden. In diesem Fall allerdings rettete der Wildpinkler Manfreds Lage.

Willi fiel vor lauter Schreck sein Autoschlüssel aus der Hand.

Dass er ihn im Dunkeln wiederfinden würde, hielt Manfred für sehr unwahrscheinlich. Genau das schien selbst Willi mit seinem erhöhten Alkoholpegel zu registrieren. Er bückte sich kurz, gab die Suche aber schnell auf. Er ließ das Auto unverschlossen zurück und machte sich mangels Alternativen tatsächlich zu Fuß auf den Heimweg. Nicht aber, ohne dabei lauthals zu fluchen.

Manfred sah ihm nach. Der Kerl interessierte ihn allerdings nur am Rande. Vielmehr hatte er es auf den anderen abgesehen.

Ewald!!! Der Name hatte sich in Manfreds Hirn gebrannt wie das Brenneisen ins Fell eines Rindes. Er holte ein Foto aus dem Handschuhfach. Ein kurzer Blick darauf genügte ihm, um zu sehen, dass er derjenige war, den er suchte. Das erkannte er sogar im Halbdunkeln. Das Glück schien auf seiner Seite zu sein. Manfred hatte nicht damit gerechnet, dass er so schnell ans Ziel kam.

Er kletterte aus dem Auto und leuchtete mit der Taschenlampe seines Smartphones den Boden vor Willis Wagen ab. Der Schlüssel lag direkt vor seinen Füßen. Gut, dass Willi zu besoffen war, um ihn zu finden. Im nüchternen Zustand wäre das sicher ein Leichtes gewesen.

Manfred setzte sich auf den Fahrersitz und steckte den Schlüssel ins Zündschloss. Der Wagen sprang sofort an.

Ewald war noch nicht weit gekommen. So, wie der Mann schwankte, würde es auch eine Weile dauern, bis er das Dorf erreichte. Wenn er überhaupt jemals dort ankam. Manfreds Gedanken fuhren Achterbahn. In seinem Kopf verfestigte sich ein perfider Plan.

Von Willi war weit und breit nichts mehr zu sehen. Entweder lag der Kerl besoffen irgendwo im Acker, oder er hatte es tatsächlich über die Hängeseilbrücke in das Dorf auf der anderen Seite geschafft. Manfred hoffte auf Letzteres. Um nachzusehen, blieb ihm leider keine Zeit.

Im Zelt hatte die Stimmung ihren Höhepunkt erreicht. Das Gegröle der Gäste übertönte die Musik aus den Boxen. Niemand schien mehr einen Gedanken an die beiden Raufbolde zu verschwenden, die man erfolgreich losgeworden war. Auch der Bürgermeister war wieder zur Feier zurückgekehrt. Draußen war kein Mensch zu sehen.

Manfred war sich ziemlich sicher, dass niemand Notiz von ihm genommen hatte. Das war seine Chance. Jetzt oder nie. Er legte den Gang ein und fuhr, ohne das Licht einzuschalten, langsam über den Feldweg in Richtung Ortseingang. Ewald bemerkte das sich nähernde Fahrzeug nicht. Manfred hatte nichts anderes erwartet. Der Kerl war voll wie ein Eimer und schlug Haken wie ein Feldkaninchen. Dass man sich in dem Alter noch so sinnlos besaufen konnte, war für Manfred vollkommen unverständlich.

Als Ewald auf dem Feldweg ins Straucheln kam, nutzte Manfred die Gunst der Stunde. Plötzlich wusste er, was zu tun war. Voller Anspannung starrte er durch die Windschutzscheibe. Er musste aufpassen, dass er nicht vom Weg abkam. Je weiter er sich vom Festzelt entfernte, desto dunkler wurde es um ihn herum. Manfreds Hände krallten sich ins Lenkrad, gleichzeitig trat er das Gaspedal bis zum Anschlag durch. Der fremde Wagen ließ ihn nicht im Stich und beschleunigte sofort. Manfreds Atem stieg proportional mit den Umdrehungen des Motors. Sein Blut geriet in Wallung. Verbissen und voll konzentriert hielt er auf den taumelnden Körper zu.

Ein dumpfer Schlag.

Das war's.

Es war sehr viel einfacher, als Manfred es sich vorgestellt hatte. Ohne die Geschwindigkeit zu drosseln, fuhr er weiter und bog dann, am Ende des Feldwegs, auf die L 204 in Richtung Kastellaun ab. Erst auf der Landstraße schaltete er das Licht ein. Er fuhr zügig, versuchte, seinen Atem unter Kontrolle zu bekommen und seine Gedanken zu ordnen.

Er hatte gerade einen Menschen überfahren, aber das ließ ihn vollkommen kalt.

Was ihn viel mehr beschäftigte, war der Gedanke daran, unbemerkt abzutauchen. Er musste verschwinden und mit ihm das Auto. Der Körper hatte beim Aufprall Spuren hinterlassen. Er musste zusehen, dass er sie möglichst schnell entfernte. Und zwar am besten, bevor die Polizei ihn verdächtigte.

Plötzlich fing Manfred schallend an zu lachen. Er brauchte sich doch gar nicht vor der Polizei zu fürchten. Sollten sie das Auto doch finden. Am besten mit möglichst vielen

Spuren. Es war schließlich nicht sein Wagen, mit dem er Ewald überfahren hatte.

Eine Weile fuhr er ziellos durch die Gegend. Deutlich entspannter als zu Anfang. Dann hatte er eine Eingebung. Er bremste scharf und wendete auf der Fahrbahn. In der nächsten Ortschaft bog er rechts ab und fuhr weiter über die L203 bis er wieder an dem Feldweg war, der zur Hängeseilbrücke führte, diesmal eben nur von der anderen Seite.

Die Scheinwerfer des Wagens leuchteten den Schuppen an, den er tags zuvor entdeckt hatte. Wusste er es doch, dass dieser verlassene Ort ihm noch dienlich sein würde. Manfred schaltete das Licht aus und blieb einen Moment in dem dunklen Wagen sitzen. Auch wenn Willi sternhagelvoll war, Manfred wollte auf keinen Fall von ihm gesehen werden. Möglicherweise hatte er zwar am nächsten Tag einen Filmriss. Es war aber auch denkbar, dass er ein Gewohnheitstrinker war, dem der Rausch nicht die Sinne vernebelte, und er sich anderntags an jedes Detail erinnern konnte. Ein Risiko, das es zu vermeiden galt.

Erst als Manfred Willi in der Straße hinter dem Dorfbrunnen verschwinden sah, fühlte er sich sicher. Er ließ den Wagen langsam im Leerlauf hinter das Gebäude rollen. Die Stahltür des Schuppens öffnete sich diesmal geräuschlos. Das Schmierfett zeigte also die gewünschte Wirkung. Manfred schob Willis Auto vorsichtig hinein.

Auf den ersten Blick war der Schaden am Wagen unerheblich. Zumindest soweit er das im Licht der Taschenlampe sehen konnte. Lediglich der Kühlergrill war durch den Aufprall des Körpers eingedrückt und mit Blut, Haaren und Stofffetzen verschmutzt. Umso besser für ihn.

Dass es so wenig Spuren hinterließ, wenn man einen Menschen mit einem Auto tot fuhr, verwunderte Manfred.

Wenn er ehrlich war, hatte er es sich schwerer vorgestellt, einen Mord zu begehen. Die Beule am Auto hätte er leicht selbst beheben können. Aber das war ja nun gar nicht mehr nötig. Die Polizei sollte ruhig Spuren des Mordes an Willis Auto finden. Seine eigenen Fingerabdrücke sollte er allerdings entfernen. Mit einem Tuch säuberte er Lenkrad und Türgriff sowie alles, mit dem er möglicherweise in Berührung gekommen war. Es dauerte nicht lange, bis er das Wageninnere komplett gereinigt hatte.

Er warf den Lappen achtlos auf den Boden und verließ den Schuppen. Die Tür der Werkstatt konnte er ruhig von außen schließen. Auch wenn in diesem Kaff sicher nicht die hellsten Köpfe ermittelten. Früher oder später würde man das Auto finden. Da war Manfred sich ganz sicher.

Er machte sich zu Fuß auf den Weg zurück. Aus der Ferne war Stimmengewirr zu hören, das sich mit dem Gewummer der Bässe vermischte. Die *Wiesn*-Party schien noch voll im Gange zu sein. Auf dem Weg zurück ertappte er sich dabei, wie er die Melodie vom *Alten Holzmichel* leise vor sich hin pfiff.

Den Toten hatte man wohl noch nicht entdeckt. Manfred wollte nicht der Erste sein, der die Leiche fand. Um die *Mörsdorfer Wiesn* machte er einen großen Bogen. Lieber nahm er den Umweg an der Kläranlage vorbei durch den Wald in Kauf.

Ohne gesehen zu werden, erreichte er die Ortsmitte. Das Dorf war wie ausgestorben. In keinem der Häuser sah man Licht. Die Dörfler waren entweder noch beim Feiern oder lagen bereits in ihren Betten und schliefen tief und fest. Lediglich die Bäckerei war schwach beleuchtet.

Unbemerkt betrat Manfred die Dorfwirtschaft, angelte geräuschlos seinen Zimmerschlüssel von dem Haken hinter der Theke und schlich leise die Treppe hinauf. Trudel Hoffmanns Gesicht, das sich die Nase an der Scheibe der Backstube plattdrückte, um den nächtlichen Heimkehrer zu beobachten, war dem sonst so aufmerksamen Manfred in diesem Moment einfach entgangen.

Zehn

Dass ausgerechnet Ewald Philipps, der größte Stänkerer aus dem Dorf, nach seinem Tod zum Dorfgespräch Nummer eins werden würde, hätte Hansen nicht zu träumen gewagt. Aber genau so war es gekommen. Am anderen Morgen wurde über nichts anderes gesprochen, als über ihn. Als diensthabender Polizeimeister vor Ort war Hansen noch in der Nacht von der Leitstelle informiert worden.

Er wartete nicht bis es hell wurde. Aber bevor er zum Tatort rausfuhr, wählte er die Dienstnummer seines Chefs beim K 11 in Koblenz.

Berger war sofort am Apparat. „Haben Sie nicht geschlafen, Chef?" Hansen tat überrascht, aber wenn er ehrlich war, wunderte es ihn nicht im Geringsten, dass Berger schon beim ersten Klingeln abhob. Wenn sein Chef einen Fall hatte, dann gab es für ihn nur eins: arbeiten und zwar so lange, bis er den Mörder dingfest gemacht hatte. Hansen war auch nicht überrascht, dass Berger über den Vorfall im Dorf bereits informiert war. Was der Hauptkommissar ihm dann allerdings zu sagen hatte, gefiel Hansen ganz und gar nicht.

„Nein, nein, nein." Hansen schüttelte energisch den Kopf und schlug sich im Takt mit der Hand gegen die Stirn. Mit der anderen umklammerte er krampfhaft den Telefonhörer, den er fest an sein linkes Ohr presste. Das konnte doch nicht wahr sein. Da brauchte man einmal seinen Chef und dann so etwas.

„Es tut mir wirklich leid, Hansen. Aber diesmal müsst ihr ohne mich auskommen“, hörte er den Kommissar sagen. Berger war inzwischen zum stellvertretenden Leiter der Koblenzer Mordkommission avanciert. Aber war das ein Grund, seine Leute im Hunsrück im Stich zu lassen? Hansens Blutdruck stieg merklich an.

„Wie stellen Sie sich das denn vor, Chef?“, blökte er empört.

Am andern Ende der Leitung bewahrte Berger die Ruhe und appellierte an Hansens gesunden Menschenverstand: „Auf dem Koblenzer Hauptfriedhof wurde ein Obdachloser regelrecht enthauptet. Als Leiter der SoKo bin ich hier wirklich unabkömmlich. Das musst du doch verstehen.“

Der Kriminalhauptkommissar macht eine kurze Pause, aber Hansen war nicht in der Lage, etwas Überzeugendes zu entgegnen. Er war einfach zu aufgewühlt. Bergers souveräne Art konnte den Dorfpolizisten diesmal leider nicht beruhigen. Hansens Gedanken fuhren Achterbahn. Und zwar eine der krassesten Art. Ein toter Ewald war schon schlimm genug, ein ermordeter Ewald noch schlimmer. Nicht auszudenken, was es im Dorf wieder für einen Aufruhr geben würde. Und dann auch noch die vielen Gäste, die extra wegen dem Oktoberfest angereist waren.

Hansen war verzweifelt. Er hatte nicht die geringste Ahnung, was er tun sollte.

Aus dem Hörer, der Hansen inzwischen vor Schreck aus der Hand geglitten war und der nun an der spiralförmigen Telefonschnur über dem Fußboden baumelte, war noch immer Bergers sonore Stimme zu hören. „Hansen, bist du noch da?“, fragte er besorgt.

Der Dorfpolizist erwachte aus seiner Niedergeschlagenheit. Er musste sich zusammenreißen. Er schüttelte sich, griff nach dem Hörer und hielt ihn wieder an sein Ohr. Diesmal allerdings an sein rechtes, denn das linke war gerötet und schmerzte vom festen Zudrücken.

„Klar, Chef. Bin noch dran“, antwortete er zunächst noch zögerlich. Aber er wusste, dass er zuversichtlich bleiben musste. Vielleicht war die SoKo in Koblenz ja so erfolgreich, dass sie den Henker bald stellen würde, und der Hauptkommissar sich dann wieder um seine Leute im Hunsrück kümmern konnte.

„Reiß dich bloß zusammen, Mann.“ Berger schien Hansens Gedanken zu lesen. Sein Tonfall war energischer geworden. Aber er hatte ja recht. Im Grunde genommen musste Hansen nichts weiter tun, als Bergers Anweisungen zu befolgen. Es war also eigentlich wie immer. Bloß, dass ihm die Anweisungen nicht wie sonst direkt, also persönlich und von Angesicht zu Angesicht übertragen wurden, sondern eben per Telefon. Er konnte, wenn er wollte, sogar die Webcam benutzen und den Kommissar dabei sehen, wenn er mit ihm sprach. Natürlich wusste Hansen, dass Videotelefonie in der Dienststelle möglich war. Er war ja nicht von gestern. Nur hatte er noch nie Gebrauch von der modernen Technik gemacht. Wozu auch? Berger war ja immer da gewesen, wenn er ihn brauchte. Bisher jedenfalls.

„Also Hansen, du weißt was zu tun ist?“ Hansen nickte. Was Berger nicht sehen konnte, da es sich um ein gewöhnliches Telefonat ohne Bildübertragung handelte.

„Die Spurensicherung ist bereits informiert. Die müssten bereits vor Ort sein. Du fährst jetzt ebenfalls hin. Sobald die ersten Ergebnisse vorliegen, gibst du mir sofort Bescheid, damit wir alles weitere besprechen können. Verstanden?“

„Verstanden“, murmelte Hansen und beendete das Gespräch.

Er ließ sich in den Bürodrehstuhl fallen und musste zuerst einmal ein paar Runden drehen, um sich wieder zu beruhigen. Sein erster Fall, den er alleine lösen musste. Obwohl seine Hände vor Aufregung zitterten, hörte er in Gedanken die Stimme seiner Freundin Ulla. „Es ist eine Chance zu beweisen, was du kannst. Versau es nicht“, flüsterte sie ihm im Geiste ins Ohr.

Hansen zuckte zusammen. Dann fiel ihm ein, dass Ulla nicht leibhaftig neben ihm stand, um zu ihm zu sprechen, sondern dass er sich das gerade eben nur ausgedacht hatte. Allerdings war es so täuschend echt, dass er für einen Moment wirklich dachte, Ulla hätte …

„Blödsinn“, sagte Hansen halblaut zu sich selbst und holte sich damit zurück in die Realität. Ein bisschen mehr Selbstvertrauen würde ihm allerdings schon gut zu Gesicht stehen. Nicht nur vor seiner Ulla, auch vor ihren Brüdern, die ihn – dass wusste er ziemlich sicher – für ein Weichei und einen Warmduscher hielten. Er hatte es selbst gehört, als er die Brüder in der Dorfwirtschaft heimlich belauschte, als sie über ihn herzogen und sich lustig machten. Ulla sah das anders, das wusste Hansen. Dennoch wollte er es auch ihr beweisen. Er konnte es. Er musste sich nur mehr zutrauen. Hansen stand auf und schüttelte sich erneut, um wieder einen klaren Kopf zu bekommen.

Also, worum ging es?

Erst einmal ging es darum, zu klären, ob es sich um eine Fahrerflucht mit Todesfolge handelte, oder um vorsätzlichen Mord. Hansen war sich ziemlich sicher, dass es kein Vorsatz war. Wer um alles in der Welt sollte Ewald Philipps umbringen wollen? So sehr der Polizist auch überlegte, ihm fiel kein Mordmotiv ein. Zu holen gab es bei Ewald ganz sicher nichts. Er besaß kein Vermögen. Soweit Hansen wusste, war der Mann seit Jahren arbeitslos und lebte von Hartz IV. Es war also auch nicht davon auszugehen, dass jemand scharf auf seinen Job war, den er ja nicht hatte. Deshalb lag kein erkennbarer Grund vor, den Mann aus Habgier aus dem Weg zu räumen. Denn einen umzubringen, der dem Staat auf der Tasche lag, war zwar theoretisch denkbar. Aber das hielt Hansen für ziemlich unwahrscheinlich. So waren die Leute hier nicht gestrickt. Von wegen Sozialschmarotzer, oder so. Hansen schüttelte instinktiv den Kopf. Nein, das war ausgeschlossen.

Eher konnte er sich vorstellen, dass es ein unglücklicher Zufall war. Hansen brachte sich in Position, so, als hielte er ein Plädoyer vor Gericht. Er stellte sich kerzengerade vor seinen Schreibtisch: In der rechten Hand hielt er einen Kugelschreiber, die linke ließ er in der Hosentasche verschwinden. Er räusperte sich. „Nehmen wir mal an, ein betrunkener Festbesucher fährt Ewald aus Versehen an und macht sich, sagen wir aus Scham, Feigheit und der Angst vor den Konsequenzen, einfach aus dem Staub."

Hansen nickte bestätigend. So könnte es doch gewesen sein. Er fand, das klang überzeugend. Mit sich und seiner privaten Vorstellung zufrieden, legte er den Kuli auf den Schreibtisch und setzte sich wieder auf den Bürostuhl. Natürlich war auch eine Fahrerflucht mit Personenschaden strafbar. Keine Frage. Die Wahrheit herauszufinden, war jetzt seine Aufgabe und hatte alleroberste Priorität.

Wie er das allerdings alleine bewerkstelligen sollte, war ihm ein Rätsel. Auch mit Bergers Unterstützung im Hintergrund war die Aufgabe für ihn, als kleinen Dorfpolizisten, eigentlich eine Nummer zu groß.

Ob er Franka informieren sollte? Die Journalistin hatte ein gutes Händchen für außergewöhnliche Fälle. Vor allem hatte sie keine Angst – vor gar nichts. Das faszinierte Hansen am meisten. Mit ihrer Unterstützung sah er eine realistische Chance, der Sache auf den Grund zu gehen. Am besten, er rief sie einfach an. Vermutlich wusste sie zwar längst Bescheid, aber wenn er ihr persönlich von dem Vorfall berichtete, würde er damit erstens die hochgelobte Zusammenarbeit zwischen Polizei und Presse fördern und zweitens konnte er bei Franka punkten. Das konnte nie schaden.

Er streckte seine Hand nach dem Hörer aus und wählte die Mobilfunknummer von Franka Fröhlich.

Noch ehe am anderen Ende jemand abheben konnte, legte er wieder auf. Ihm fiel ein, dass es unklug wäre, Franka zu informieren, bevor er sich selbst ein Bild vom Tatort gemacht hatte. Zudem war davon auszugehen, dass Franka um diese Zeit vermutlich schlief. Hansen sah auf die Uhr und nickte bestätigend mit dem Kopf. Es war kurz vor vier Uhr in der Früh. Er sollte sich alleine auf den Weg machen.

Draußen war es noch stockdunkel. Aber das schreckte ihn nicht ab. Er schnappte sich den Schlüssel des Dienstwagens und fuhr los.

Wie erwartet war die Straße menschenleer. Um diese Uhrzeit war im Hunsrück niemand unterwegs. Weder zu Fuß, noch mit dem Auto. Hansen nutzte die Gelegenheit und drückte auf die Tube. In rekordverdächtiger Zeit erreichte er das Dorf. Kurz vor dem Feldweg, der schnurgerade zur Geierlay und damit auch zum Festzelt führte, drosselte er die Geschwindigkeit wieder.

Als Polizeibeamter war es ihm gestattet, die Schranke, die motorisierte Gäste von dem Weg fernhalten sollte, zu öffnen. Er machte von seinem Recht Gebrauch, fuhr aber bloß in Schrittgeschwindigkeit. Er musste höllisch aufpassen. Wer jetzt hier unterwegs war, war vermutlich nicht mehr nüchtern. Ein zweites Unglück durfte keinesfalls passieren.

Die Spurensicherung hatte den Tatort mit einem rot-weißen Flatterband markiert. Hansen stieg vorsichtig über die Absperrung und hielt auf die Kollegen zu. Schon von Weitem sah er das viele Blut auf dem geteerten Feldweg. Die Leiche war noch nicht abtransportiert worden. Man hatte damit extra bis zu seinem Eintreffen gewartet. Dabei wäre es ihm lieber gewesen, man hätte Ewald schon weggebracht. Einer der Kollegen hob die Decke, die die Leiche vor neugierigen Blicken schützen sollte, hoch, und ließ Hansen vor. Bei dem Anblick des Toten wurde ihm übel. Er schluckte den Mageninhalt herunter, der sich durch seine Speiseröhre einen Weg nach draußen bahnen wollte. Jetzt bloß nicht kotzen, dachte er. Die Blöße wollte er sich vor seinen Kollegen nicht geben.

Zwei weitere Männer in weißen Schutzanzügen waren schon dabei, ihre Sachen zusammenzupacken. Sie schienen ihre Arbeit bereits beendet zu haben. Hansen kannte die beiden nicht. Man grüßte sich wortlos mit einem Kopfnicken.

„Habt ihr was gefunden?“, wollte der Dorfpolizist von den Experten wissen.

Einer der beiden zuckte mit den Schultern. Der andere grummelte: „Nix Besonderes. Steht morgen alles im Bericht.“

„Na, vielen Dank.“ Etwas mehr Freundlichkeit hatte Hansen von den Kollegen schon erwartet. Auch mitten in der Nacht. Das gehörte eben zu ihrem Job, Tag und Nacht einsatzbereit zu sein.

Hansen war froh, als die Kollegen von der Bildfläche verschwanden und der Bestatter den Blechsarg mit dem toten Ewald endlich ins Auto lud. Der Polizist drehte sich flugs um und ging auf das Festzelt zu. Ihm war noch immer flau im Magen. Man hätte meinen können, er sei derjenige, der die Nacht durchgezecht hatte.

Mit Bürgermeister Friedhoff waren noch rund ein Dutzend weitere Gäste im Zelt. Alle, wie sie da standen, hatten in den vergangenen Stunden reichlich Alkohol konsumiert. Das sah Hansen auf den ersten Blick. Dafür musste man kein Experte sein, um das zu erkennen.

Die Gäste machten auf ihn den Eindruck, als lägen sie auch lieber zu Hause in ihren Betten, anstatt hier darauf zu warten, dass ihnen blöde Fragen gestellt wurden. Viel war aus den angeblichen Zeugen ohnehin nicht herauszubekommen. Hansen notierte sich Namen und Anschrift der Anwesenden und schickte zuerst die Dorfbewohner nach Hause. Die Gäste wies er an, sich unverzüglich in ihre Unterkünfte zu begeben. Ohne zu murren, kamen ausnahmslos alle der Aufforderung nach.

Lediglich Friedhoff und er blieben zurück. Als alle anderen Festgäste außer Sichtweite waren, griff der Bürgermeister hinter den Tresen und holte eine Flasche Klaren hervor. Er schwankte ein wenig, als er Hansen die Flasche entgegenstreckte.

„Ich glaube, wir brauchen erst mal eine kleine Stärkung, um uns von dem Schreck zu erholen, was?“ Friedhoff lallte ein wenig und zwinkerte Hansen zu.

Natürlich trank der Polizeimeister normalerweise im Dienst keinen einzigen Schluck Alkohol. Aber erstens war das hier eine Ausnahmesituation und wenn er es genau nahm, war sein Dienst auch eben zu Ende gegangen. Ein Blick auf die Uhr bestätigte es. Hansen setzte die Flasche auf den Mund und trank einen gehörigen Schluck. Er spürte sofort, wie das scharfe Zeug seine Speiseröhre hinunterlief.

Zum ersten Mal in seinem Leben empfand er dieses Gefühl als angenehm. Es ging ihm sofort besser. Auch das Rumpeln in seinem Bauch hörte schlagartig auf. Er gab Friedhoff die Flasche zurück. Der Bürgermeister zierte sich nicht und nahm gleich zwei ordentliche Schlucke, bevor er die Flasche wieder hinter der Theke verschwinden ließ.

*

Obwohl er eigentlich Feierabend hatte, fuhr Hansen noch einmal ins Büro. Er setzte sich an seinen Schreibtisch und wartete gespannt auf den Bericht, den die Kollegen ihm zugesagt hatten. Aber das konnte dauern. Wenn die Männer so langsam arbeiteten wie sie unfreundlich waren, würde er noch eine ganze Weile untätig herumsitzen. Dabei interessierte es ihn schon brennend, unter welchen Umständen Ewald ums Leben gekommen war. Man hätte es ihm natürlich auch bereits vor Ort mündlich mitteilen können. Aber das war wohl zu viel verlangt. Bei passender Gelegenheit würde er sich an oberster Stelle über das Verhalten der Spurensicherung beschweren. Auch wenn er nur der Dorfpolizist war, hatte er ein Recht darauf, zu erfahren, was Sache war. Wütend schlug er mit der Faust auf den Schreibtisch.

Seine ursprüngliche Idee, Franka Fröhlich anzurufen, kam ihm wieder in den Sinn. Er wählte ihre Mobilfunknummer, doch nach mehrmaligem Klingeln meldete sich nur die Mailbox. Hansen legte auf, ohne eine Nachricht zu hinterlassen. Nach einigen Minuten versuchte er es erneut. Immer und immer wieder, bis er schließlich aufgab. Ihm kam eine neue Idee. Es war doch von einem Streit die Rede, in den Ewald angeblich verwickelt war. Ganz klar. Warum war er nicht gleich darauf gekommen? Die Lösung des Falls lag doch auf der Hand. Wie Schuppen fiel es Hansen plötzlich von den Augen. Er legte den Hörer auf die Ladestation, auch diesmal ohne Franka eine Nachricht auf die Mailbox zu quatschen.

Möglicherweise brauchte er ihre Hilfe gar nicht. Das Ding rockte er diesmal locker allein, ohne fremde Hilfe. Endlich bot sich für ihn die Gelegenheit, dem Kriminalhauptkommissar zu beweisen, was er drauf hatte.

Hansen drehte sich auf dem Bürostuhl von rechts nach links und von links nach rechts, während er in seinen Notizen blätterte, die er zuvor am Tatort gemacht hatte. Viel war bei seiner Befragung natürlich nicht herausgekommen. Hansen kannte die Pappenheimer, die bei jeder Feier den letzten Mann aushielten, nur zu gut. Zumindest die, die aus dem Dorf kamen. Von den meisten war schon in nüchternem Zustand nicht viel zu erwarten. Das Gelalle, das sie von sich gegeben hatten, hatte weder Hand noch Fuß. Woran sich allerdings ausnahmslos alle erinnerten, war ein Streit, in den Ewald verwickelt war. Angeblich musste sogar Bürgermeister Friedhoff dazwischen gehen. Darin waren sich alle einig.

Nur über den Gegenspieler gab es unterschiedliche Meinungen. Mehrfach war der Name Friedhelm gefallen. Im Dorf gab es niemanden, der so hieß. Ein anderer wollte nur zu genau wissen, dass es sich um Ewalds Bruder Rainer gehandelt hatte. Das konnte Hansen definitiv ausschließen. Er wusste selbst ganz genau, dass Rainer schon vor Jahren gestorben war. Ein paar Gäste waren sich sicher, dass es einer von der anderen Seite gewesen sei. Ein Wilhelm aus Sosberg. Hansen hielt diese Aussage für die glaubwürdigste.

Nicht zuletzt, weil sie auch von Friedhoff bestätigt wurde. Und der musste es schließlich wissen. Denn, wie es hieß, hatte er die Kerle letztlich aus dem Zelt geschmissen. Auch wenn er sich später nicht mehr so ganz genau daran erinnern konnte. Er war Hansens Meinung nach schon auch angetrunken. In nüchternem Zustand hätte er sich sonst niemals mit Hochprozentigem selbst bedient. Im Gegensatz zu allen anderen war er aber noch in der Lage, drei Sätze geradeaus zu formulieren. Jedenfalls soweit, dass Hansen davon überzeugt war, dass der Mann mit dem Ewald gestritten hatte, in Sosberg wohnte und Wilhelm hieß. Hansen kannte ihn nicht. Er kannte ohnehin kaum Leute von drüben. Aber das würde sich bald ändern. Dieser Sosberger würde ihn kennenlernen. Und zwar schneller, als ihm lieb war. Einer der Gäste wollte sogar gesehen haben, wie der Mann nach dem Streit in sein Auto gestiegen und Ewald hinterhergefahren war.

Die grauen Zellen in Hansens Gehirn arbeiteten auf Hochtouren. Von Fahrerflucht mit Todesfolge konnte doch hier gar keine Rede mehr sein. Das war eindeutig Mord, schoss es Hansen durch den Kopf. Den Kerl würde er sich schnappen. Und zwar gleich. So schnell war noch kein Mordfall aufgeklärt worden. Im Geiste sah er schon vor sich, wie der Polizeipräsident ihm das goldene Ehrenkreuz am Bande verlieh. Was würde seine Ulla dazu sagen? Da konnte er sich den Antragsring vermutlich sparen. Ab sofort würden die Weiber bei ihm Schlange stehen.

Draußen war es längst hell geworden. Vom Adrenalin getrieben, schnappte Hansen sich den Schlüssel des Einsatzwagens und rannte aus dem Büro. So flott hatte man den Dorfpolizisten noch selten laufen sehen.

Elf

Franka erwachte um halb zehn am Morgen. Ihr Kopf schmerzte. Sie konnte sich nicht daran erinnern, wann sie zuletzt einen solchen Brummschädel hatte. Sie stand auf und ging barfuß in die Küche. Das Steinzeug unter ihren Füßen fühlte sich warm an. Die neue Wohnung verfügte über eine Fußbodenheizung, was Franka im Vergleich zu den kalten Fliesen ihrer alten Wohnung als Luxus empfand. Ihre Kopfschmerzen gingen davon leider nicht weg.

Sie suchte nach einem Medikament. Irgendwo in der Wohnung musste es eine *Alka Seltzer* geben. Da war Franka sich ziemlich sicher. Sie versuchte, sich zu erinnern, ob sie ihren überschaubaren Vorrat an Arzneimitteln überhaupt schon ausgepackt hatte. In ihrer alten Wohnung bewahrte sie Tabletten im Allgemeinen im Küchenschrank auf. Sie schaute nach. Leider Fehlanzeige.

Franka durchforstete der Reihe nach die Oberschränke ihrer neuen modernen Küchenzeile. Viel war hier noch nicht zu finden. Die meisten Schränke glänzten durch gähnende Leere. Irgendwo standen allerdings bereits zwei Kaffeetassen und zwei Frühstücksteller. Sah ganz so aus, als hätte Jutta hier ihre Finger im Spiel gehabt. Franka schmunzelte. Sie wusste, dass ihrer Freundin ein netter Start in den Tag wichtig war.

Franka suchte weiter und hoffte inbrünstig, dass sich die dringend benötigte Medizin nicht mehr in einem der zahlreichen Pappkartons befand, die noch verpackt in der Wohnung herumstanden. Ihre Befürchtungen bewahrheiteten sich glücklicherweise nicht. Nach langem Suchen wurde sie fündig. Ausgerechnet im Backofen versteckten sich die Dinger. Wie um alles in der Welt sie auf die Idee gekommen war, Schmerztabletten im Backofen zu verstauen, war ihr zwar ein Rätsel, aber es war zu müßig, sich jetzt darüber den Kopf zu zerbrechen. Franka löste eine Tablette in Wasser auf, setzte sich mit dem Glas in der Hand auf den Stuhl am Fenster und schaute auf den Dorfplatz.

Draußen war alles ruhig. Auf der Straße war kein Mensch zu sehen. Wäre Franka nicht so sehr mit dem Hämmern in ihrem Kopf beschäftigt gewesen, wäre ihr diese ungewohnte Stille sicher seltsam vorgekommen.

Sie öffnete das Fenster und streckte den Kopf hinaus. Die frische Morgenluft tat ihr gut. Außerdem zeigte auch die *Alka Seltzer* bereits ihre Wirkung. In Franka erwachten langsam neue Kräfte. Sie fühlte sich bereit für einen Morgenspaziergang. Ob Jutta schon wach war? Vorsichtig öffnete Franka die Tür des Gästezimmers. Ihre Freundin schlief noch tief und fest. Sie wollte sie nicht aufwecken. Wenn sie zügig ging, würde sie zurück sein, bevor Jutta aufwachte.

Auf Zehenspitzen schlich Franka zur Wohnungstür, schlüpfte in ihre Turnschuhe und ging nach draußen.

Ein Polizeiauto bog genau vor ihrer Nase um die Ecke, gefolgt von einem Leichenwagen. Dass ihr das nicht verdächtig vorkam, konnte Franka im Nachhinein nur auf ihren Zustand geistiger Umnachtung zurückführen.

Die Beamten im Polizeiauto nickten ihr zu. Franka grüßte zurück, passierte den Parkplatz in der Dorfmitte und ging in Richtung des Tommer-Rundwegs.

Der Morgenspaziergang zeigte in der Tat heilende Wirkung. Der Weg führte Franka durch Feld und Flur bis zu einem für die Region typischen Mischwald. Mit jedem Schritt, den Franka ging, fühlte sie sich besser. Bevor sie den Dorfplatz wieder erreichte, fiel sie sogar in einen leichten Laufschritt. Franka staunte über sich selbst. Sie war lange nicht mehr gejoggt und hatte vergessen, wie befreiend so ein Lauf für Körper und Seele sein konnte.

Als sie auf dem Rückweg an der Bäckerei vorbeikam, stieg ihr der Duft von frisch gebackenem Brot in die Nase. Erst jetzt bemerkte Franka, dass sie Hunger hatte. Sie würde Jutta mit frischen Brötchen zum Frühstück überraschen.

Das Glöckchen über der Ladentür bimmelte, Trudel Hoffmann empfing ihre neue Nachbarin gleich mit der Hiobsbotschaft. Franka fiel aus allen Wolken. Nichts, aber rein gar nichts hatte sie von dem Unfall mitbekommen. Sie sortierte ihre Gedanken. Na klar. Wie Schuppen fiel es Franka von den Augen. Das war also der Grund, warum am frühen Morgen schon Polizei- und Leichenwagen im Dorf unterwegs waren. Dass sie sich bei dieser Konstellation nichts gedacht hatte, konnte nur an dem Bierkonsum vom Vorabend liegen, der ihr das Hirn vernebelt hatte.

Franka brauchte einen Moment, bis sie wusste, um wen es sich bei dem Opfer handelte. Doch dank Trudels detailgetreuer Beschreibung sah sie das Bild des Toten genau vor sich. Als Trudel ihr dann noch ein Foto zeigte, auf dem sie selbst mit Ewald Philipps zu sehen war, bestätigte sich ihre Vermutung. Wie Trudel allerdings so schnell an das Foto kam, war ihr ein Rätsel.

„Wem hast du das Foto heute Morgen denn schon alles gezeigt?“

„Niemandem außer dir. Wieso?“ Trudel war empört. „Die Leute aus dem Dorf kennen den Ewald ja.“ Trudel stockte für einen kurzen Moment. Dann korrigierte sie: „Kannten, meine ich. Jetzt ist er ja tot.“

„Und weshalb hast du überhaupt ein Foto von ihm in der Ladentheke?“ Frankas Hirntätigkeit war zwar noch vom Alkohol gelähmt, aber es kam ihr dann doch ein bisschen seltsam vor, dass die Bäckersfrau sofort ein Foto von dem Toten parat hatte. Zu gern wollte Franka wissen, was sich noch alles in dieser Schublade hinter der Ladentheke befand. Ob es auch ein Bild von ihr gab? Falls sie selbst auch mal unerwartet das Zeitliche segnete. Franka wollte gar nicht weiter darüber nachdenken.

Trudel schaute Franka verständnislos an, so als sei es eher ungewöhnlich, kein Foto von allen Dorfbewohnern parat zu haben, antwortete aber nicht auf Frankas Frage. Dass Trudel Hoffmann sprachlos war, hatte Franka in der Zeit, in der sie im Hunsrück wohnte, noch nicht erlebt. Augenblicklich tat es ihr leid, dass sie Trudel so in Verlegenheit gebracht hatte.

„Ach was, das geht mich ja auch gar nichts an“, entschuldigte sie sich.

Trudel stand regungslos hinter der Ladentheke und zeigte noch immer keine Reaktion. Ewalds Tod schien ihr ganz schön an die Nieren zu gehen. Hatte Franka da etwas nicht mitbekommen? Hatten sich Trudel und Ewald möglicherweise sehr nahe gestanden? Fragen, deren Antworten Franka allzu gern gewusst hätte. Wenn sie sich die Bäckerin allerdings betrachtete, wie sie dastand mit hängenden Schultern und einem so unglücklichen Gesichtsausdruck, dass selbst Franka fast zum Heulen zumute war, sollte sie die Sache lieber auf sich beruhen lassen und Trudel nicht weiter bedrängen.

Irgendwann würde sich sicher noch einmal die Gelegenheit bieten, Trudel darauf anzusprechen. Was sich in der Nacht auf dem Fest zugetragen hatte und unter welchen Umständen der Mann zu Tode gekommen war, wollte sie aber gleich in Erfahrung bringen. Ob es sich um ein Gewaltverbrechen handelte?

„Was genau ist denn passiert?“, fragte sie vorsichtig.

Trudels Blick ging ins Leere. Sie zeigte noch immer keine Regung, zuckte lediglich mit den Schultern. „Ich weiß es doch auch nicht so genau. Hansen war nur vorhin da und hat gesagt, dass Ewald tot ist. Er war ziemlich kurz angebunden. Von mir wollte er wissen, ob mir gestern etwas Ungewöhnliches aufgefallen ist …“ Sie machte eine kurze Pause und sah Franka eindringlich an. „Was soll mir denn aufgefallen sein? Fremde Leute und fremde Autos gibt es doch in letzter Zeit jede Menge. Da kann man sich doch nicht jedes einzelne Kennzeichen merken.“

Trudel schluchzte. Im selben Moment liefen dicke Tränen über ihre Wangen. Franka nahm Trudel in den Arm. „Tut mir leid, Trudel. Ehrlich“, flüsterte sie. Trudel ließ sich von Franka in die kleine Küche hinter der Ladentheke führen. „Willst du den Laden nicht lieber schließen und dich ein wenig ausruhen?“, schlug sie vor.

Trudels Körper, der sich eben noch an Frankas Seite geschmiegt hatte, verspannte sich plötzlich. Abrupt löste sie sich aus Frankas Umarmung.

„Bist du irre? Es ist Oktoberfest, das Dorf ist voll mit Gästen. Was sollen die denn machen, wenn die Bäckerei zumacht? Auf keinen Fall werde ich das tun. Der Laden bleibt geöffnet.“ Trudel rang um Fassung.

Wenn es ums Geschäft ging, verstand sie keinen Spaß. Auch nicht, wenn sie eigentlich trauerte. Franka war überrascht, aber froh, dass Trudel sich wieder gefangen hatte. Die Bäckersfrau wischte sich mit dem Handrücken über die Nase, schnäuzte kräftig in ein Papiertaschentuch, mit dem sie sich anschließend auch die Augen trockenrieb und fuhr dann mit beiden Händen durch ihr Haar.

Als das Glöckchen über der Ladentür erneut bimmelte und den nächsten Kunden ankündigte, streckte sie ihren Rücken, räusperte sich kurz und schlüpfte flugs wieder in die Rolle der freundlichen Bäckerin.

Franka ließ sich zwei Mehrkornbrötchen und ein Schösschen einpacken, bevor sie Trudel endgültig ihrem Schicksal überließ.

Obwohl Frankas Magen knurrte und die Brötchen wirklich verlockend dufteten, war ihr der Appetit irgendwie vergangen. Sie war erleichtert, dass Jutta immer noch schlief, als sie in die Wohnung zurückkehrte. Es verschaffte ihr die Möglichkeit, ihre Gedanken zu sortieren.

Die Zahl der Toten, die in diesem Dorf auf unnatürliche Weise ums Leben kamen, war im Vergleich zur Zahl der Einwohner doch überproportional hoch.

Dass sie beim Umzug aus der Großstadt aufs Land in so ein mörderisches Nest geraten würde, hatte sie sich in ihren kühnsten Träumen nicht vorzustellen gewagt.

Wenn der tote Ewald tatsächlich Opfer eines Verbrechens war, wäre das bereits der …, Franka überlegte, nach Hannes Blattner, seinem Angestellten und der toten Nonne wäre das tatsächlich bereits der vierte Tote, der hier auf ungeklärte Art und Weise ums Leben gekommen war.

Erschöpft von den traurigen Neuigkeiten des Tages ließ Franka sich wieder auf dem Stuhl in der Nähe des Fensters nieder. Der Platz gefiel ihr. Er hatte das Potenzial, sich zu ihrem neuen Lieblingsplatz zu mausern. Frankas Blick fiel auf ihr Mobiltelefon, das vor ihr auf dem Küchentisch lag. Das Gerät befand sich noch im Flugmodus. Franka hatte es in der Nacht, als sie vom Oktoberfest nach Hause kam, auf dem Tisch abgelegt und am Morgen vergessen, es einzuschalten.

Franka aktivierte die Funkverbindung und wählte die Nummer ihrer Chefin, Paula Linden. Die Leiterin der Lokalredaktion in Simmern zeigte sich wenig überrascht ob der vermeintlichen Neuigkeiten. Sie war bereits von übergeordneter Stelle informiert worden. Frankas Angebot, über den Mord zu berichten, lehnte sie dankend ab.

„Auf keinen Fall unterbrichst du deinen Urlaub. Du brauchst die Auszeit, darüber waren wir uns doch einig.“ Paulas Standpunkt war eindeutig. „Ich habe Tim Messer bereits mit der Berichterstattung beauftragt. Du brauchst dir also keine Sorgen zu machen“, beendete sie das kurze Telefonat.

Franka war beruhigt. Auf Tim konnte man sich in der Tat verlassen. Auch wenn Franka gern selbst berichtet hätte, stimmte sie ihrer Chefin zu. Sie sollte ihre freien Tage genießen. Außerdem hatte sie Besuch. Schließlich war Jutta extra aus Köln gekommen, um ihr beim Umzug zu helfen. Da konnte und wollte sie die Freundin jetzt nicht vor den Kopf stoßen, indem sie einen Arbeitsauftrag annahm. Sie legte ihr Smartphone zurück auf den Küchentisch. Dass Hansen mehrfach versucht hatte, sie zu erreichen, war ihr schlichtweg entgangen. Franka ging ins Gästezimmer, um Jutta aufzuwecken. Ihr Appetit war zurück. Es war höchste Zeit für ein ausgedehntes Frühstück.

Zwölf

In aller Herrgottsfrüh saß Martin Friedhoff mutterseelenallein an seinem Küchentisch und machte sich die allergrößten Vorwürfe. Hatte er die beiden Männer wirklich mitten in der Nacht aus dem Zelt geworfen? Seine Erinnerungen an die Feier waren ziemlich vage.

Die Geschehnisse vom Vortag wiesen in seinem Kopf Lücken auf. Große Lücken. Dabei hatte er doch gar nicht so viel getrunken. Das glaubte er zumindest. Aber wenn es so war, wie Augenzeugen berichteten, dann hatte er sich doch mitschuldig gemacht.

Friedhoff war verzweifelt. Wie ein Häufchen Elend, saß er da, in sich zusammengesunken und stützte den Kopf in beide Hände. Vor ihm dampfte ein Melissentee. Obwohl Friedhoff Tee im Allgemeinen verabscheute, hatte er sich ein paar Kräuter aus der Hausapotheke genommen und mit heißem Wasser aufgegossen. Angeblich trug Melisse ja zur Beruhigung bei. Und innere Ruhe war genau das, was er im Moment brauchte. Er wusste nicht, was er tun sollte. Die Lage war alles andere als angenehm. Am liebsten hätte er die Zeit zurückgedreht und alles ungeschehen gemacht.

Aber das war trotz ständig wachsenden Fortschritts derzeit leider noch nicht möglich.

Friedhoff starrte weiterhin verzweifelt auf das karierte Tischtuch. Im Dampf des heißen Tees verschwammen die bunten Quadrate vor seinen Augen und formierten sich neu, bis sie sich nach und nach in die bayerische Nationalflagge verwandelten. Friedhoff klammerte sich krampfhaft an seine Teetasse, drückte dabei aber so fest zu, dass die Keramik zerbrach und das heiße Getränk seine Finger verbrühte. „Scheiße!“, brüllte er und ließ die Scherben zu Boden fallen.

In seiner Not bemerkte er nicht, dass Vera wortlos hinter ihn trat und ihm die Hände auf seine Schultern legte. Unter ihrer Berührung zuckte er zusammen.

„Du kannst nichts dafür. Mach dir nicht solche Vorwürfe“, versuchte sie, ihn zu beruhigen. Friedhoff schluchzte. Was nützten ihm die guten Worte, wenn er sich dennoch schuldig fühlte?

„Du konntest nicht wissen, dass so etwas passiert“, sprach sie weiter mit flüsternder Stimme und strich ihrem Mann dabei zärtlich durchs Haar. Friedhoff zog seine Frau an sich und presste seinen Kopf in ihre Bauchhöhle. Am liebsten wäre er ganz in ihr verschwunden. Dass seine Frau, ohne zu zweifeln, zu ihm hielt, tat ihm gut. Außerdem hatte sie recht. Als Bürgermeister des Dorfes durfte er den Kopf jetzt nicht in den Sand stecken.

Die Leute brauchten ihn. Es war ein tragisches Unglück, was da passiert war. Aber das Leben ging weiter. Die Polizei ermittelte, und wenn es tatsächlich Mord war, dann würden Kommissar Jan Berger und seine Kollegen es auch herausfinden.

Vera entsorgte die Scherben vom Boden im Hausmüll und setzte sich dann zu ihrem Mann an den Tisch.

„Ich kann mir beim besten Willen nicht vorstellen, dass Ewald mit Absicht überfahren wurde. Sicher, er hatte Streit mit einem Mann. Aber die waren beide so betrunken. Ich glaube, die wussten nicht mal, weshalb sie sich in die Haare gekriegt hatten."

Während Friedhoff redete, hielt Vera seine Hand und nickte bestätigend mit dem Kopf.

Friedhoff hatte nicht verstanden, worum es bei dem Streit der beiden Männer gegangen war. Er glaubte, sich zu erinnern, dass mehrmals der Name Hannah gefallen war. Wer damit gemeint war, wusste er nicht. Das herauszufinden, durfte allerdings keine allzu große Herausforderung darstellen. Er wusste sofort, wen er fragen konnte. Wenn jemand Bescheid wusste, dann Trudel Hoffmann.

Das Ewald und sie in jungen Jahren einmal ein Paar waren, war im Dorf ein offenes Geheimnis, das sich selbst bis zum ihm, dem „Zugezogenen", herumgesprochen hatte. Außerdem wusste Trudel sowieso alles, was im Dorf vor sich ging. Bei einigen Leuten war die Bäckersfrau deshalb als Tratschtante verschrien. Friedhoff war eher geneigt, ihr ein gutes Gespür für neue und alte Geschehnisse zu bescheinigen. Auf alle Fälle sollte er dringend mit ihr reden.

*

Der tote Ewald sorgte für mehr Aufruhr als Friedhoff lieb war. Schon wieder gab es einen Mord im Dorf. Schon wieder in der Nähe der Hängeseilbrücke. Auch wenn noch lange nichts geklärt war. Für diejenigen, die ohnehin etwas gegen die Brücke und die Touristenströme hatten, war der vermeintliche Mord ein gefundenes Fressen. Die Brückengegner bekamen Oberwasser.

Friedhoff musste reagieren. Und zwar möglichst schnell. Er konnte sich jetzt nicht hinter seinen eigenen Schuldgefühlen verstecken. Im Gegenteil. Hier war sein diplomatisches Verhandlungsgeschick einmal mehr gefragt. Die Stimmung durfte auf keinen Fall hochkochen. Er erinnerte sich noch allzu gut an die selbsternannte Bürgerwehr, die vor gar nicht allzu langer Zeit unter der Regie des Bauernanführers Jupp Schmitz auf eigene Faust für Recht und Ordnung sorgte. Es war noch nicht lange her, als im nahegelegenen Kloster eine Nonne ermordet wurde, im Dorf ein Brandstifter umherging und dann auch noch der beeinträchtigte Kalle verschwunden war, den Jupp Schmitz und seine Schergen daraufhin zum Täter abstempelten. Friedhoff liefen noch immer kalte Schauer über den Rücken, wenn er nur daran dachte.

Glücklicherweise hatte sich am Ende alles aufgeklärt. Aber von dem Moment an wusste er, dass er sich vor so manch einem im Dorf in Acht nehmen musste. Es gab hier Leute, mit denen war nicht zu spaßen.

So weit durfte es also nicht noch einmal kommen. Das war klar. Die Leute ruhig zu halten, hatte für ihn als Bürgermeister jetzt also oberste Priorität. Und mit ruhig halten, meinte er nicht nur die Einheimischen, sondern auch die Feriengäste. Momentan war der Ortschef allerdings ziemlich ratlos. Er wusste nicht, was er als Erstes tun sollte.

Er stand auf dem Dorfplatz vor der Bäckerei und schlug sich plötzlich mit der flachen Hand an die Stirn. Gerade fiel es ihm siedend heiß wieder ein: das Fernsehen. Bei all der Aufregung um den toten Ewald hatte er vergessen, dass sich das Fernsehen angekündigt hatte. Jeden Moment konnte das Kamerateam des *SWR* im Dorf auftauchen, um einen Beitrag über das Oktoberfest aufzuzeichnen. Dass im Dorf neben dem normalen Wahnsinn wieder einmal Ausnahmezustand herrschte, wussten die in Mainz noch gar nicht. Und um jetzt noch abzusagen, war es vermutlich auch schon zu spät. Friedhoff schaute auf die Uhr. Die Leute waren sicher längst unterwegs.

Dreizehn

Willi liefen Tränen über sein rotwangiges Gesicht. Der Uniformierte hatte ihn so fertiggemacht, dass er die Fassung verlor. Er musste unaufhörlich schluchzen und zitterte dabei am ganzen Körper. Zuerst wusste er gar nicht, was der Mann von ihm wollte. Er hatte tief und fest geschlafen, als plötzlich ein uniformierter Kasper vor seinem Bett stand und ihn anbrüllte. Wie einen Schwerverbrecher behandelte er ihn. Dabei hatte er gerade noch so etwas Schönes geträumt. Was, wusste er jetzt nicht mehr. Der Polizist hatte ihn derart unsanft geweckt, dass sein schöner Traum wie eine Seifenblase zerplatzte.

Willi setzte sich auf die Bettkante. Seine Füße baumelten über dem Bettvorleger. Er bemerkte, dass er vergessen hatte, seine Socken auszuziehen. Aber das war Willi in diesem Moment vollkommen egal. Viel schlimmer war, dass sein Schädel brummte. Und zwar so stark, als ob in seinem Kopf gerade ein Wettbewerb für Presslufthämmer ausgetragen wurde. Dazu kam, dass der Typ noch immer vor seinem Bett stand, und ihn mit Fragen bombardierte. Willi kam sich vor wie im Krieg. Sah der Vogel nicht, dass er noch nicht in der Lage war, seine seltsamen Fragen zu beantworten? Er wusste überhaupt nicht, was der Uniformierte von ihm wollte. Der Kerl kam immer näher an ihn heran. Er ließ Willi nicht einmal genügend Platz, um aufzustehen. Als er seinen Arm ausstreckte, um ihn wegzuschieben, reagierte der Beamte blitzschnell. Er griff sofort Willis linken Arm und drehte ihn im Polizeigriff auf den Rücken.

„Aua, das tut doch weh“, schrie er den Beamten an.

Er kannte den Typ vom Sehen. Es war der Dorfbulle aus Mörsdorf. Einer von der Sorte, die zu blöd sind, um ihren Namen zu schreiben. Aber sobald man solche Kerle in eine Uniform steckte, meinten die glatt, sie wären weiß Gott wer. Mit solchen Vögeln kannte Willi sich aus. Aber er hatte keine Lust, sich vorführen zu lassen. Schließlich hatte er nichts verbrochen.

„Lass mich sofort los, sonst verklage ich dich!“ Willi brüllte so laut, wie er am frühen Morgen eben brüllen konnte.

Es zeigte Wirkung. Der Mann lockerte den Griff, Willi drehte sich um, stand auf und stellte sich vor den Mann. Jetzt konnte er dem Kerl wenigstens auf Augenhöhe begegnen und fühlte sich der Situation nicht mehr ganz so hilflos ausgeliefert. Die Presslufthämmer in seinem Kopf dankten ihm die ruckartige Bewegung nicht. Als der dem Polizisten trotz seiner höllischen Kopfschmerzen klarmachen konnte, dass er keinerlei Interesse daran hatte, im Schlafanzug zu türmen, erklärte der Mann ihm endlich, was in der Nacht passiert war.

Willi war schockiert.

Natürlich kannte er Ewald. Die beiden waren mal ganz dicke, wie man heute sagen würde. Er glaubte sich auch zu erinnern, dass er Ewald auf dem Fest getroffen und wohl auch ein paar Bier mit ihm getrunken hatte – vielleicht auch ein oder zwei Kurze. Aber dass er sich mit ihm gestritten haben sollte, davon wusste er nichts. Für ausgeschlossen hielt er es allerdings auch nicht. Mit Ewald Streit zu bekommen, war nicht sonderlich schwer. Früher oder später kriegte man sich immer mit ihm in die Wolle. Er war eben ein Dickkopf. Das war im ganzen Hunsrück bekannt. Es war ja auch nicht verwunderlich. Ewald war in einer kinderreichen Familie aufgewachsen, die Mutter früh verstorben. Da mussten die älteren Geschwister dafür sorgen, dass es mit den Kleinen irgendwie lief. Stress war da vorprogrammiert. Der an sich sensible Ewald hatte das eben nicht verkraftet. Eine Folge war, dass er streitsüchtig wurde, vor allem, wenn er getrunken hatte.

Das war für Willi so normal, dass er sich vermutlich auch deshalb nicht mehr daran erinnern konnte. Da konnte der Dorfpolizist ihm noch so viel Fragen stellen.

„Mann, ich hab keine Ahnung, was du von mir willst. Lass mich einfach in Ruhe meinen Rausch ausschlafen, klar?" Willi wollte nicht unfreundlich sein, aber der Kerl ging ihm auf die Nerven. Er sollte abhauen und ihm seine Ruhe lassen.

„Von wegen, keine Erinnerung. Sie sind gesehen worden. Ich sag Ihnen wie es war." Der Polizist kam richtig in Fahrt: „Sie hatten Streit und sind aus dem Festzelt geflogen. Darüber waren Sie dann so sauer, dass Sie sich ins Auto gesetzt und den Mann überfahren haben."

Für einen Moment war es still im Zimmer. Jetzt kapierte Willi.

Der Bulle dachte, er sei derjenige, der Ewald ... Das war ja wohl nicht zu fassen. Er sollte einen Mord begangen haben? Wenn es nicht so traurig wäre, hätte er glatt angefangen zu lachen. Aber der Bulle meinte es ernst. Wenn Willi sich seine Grimasse anschaute, sah er, dass mit dem nicht zu spaßen war. In Anbetracht seiner Lage gab Willi sich geschlagen. Er war eindeutig in der schwächeren Position. Der Kerl hatte ein leichtes Spiel, um ihn fertigzumachen. Und er nutzte die Gelegenheit aus.

Willi resignierte. Er versuchte ja, sich zu erinnern. Aber da kam nix. Er hatte keinen blassen Schimmer, worum es in dem Streit gegangen sein sollte. Das Letzte, das er vor seinem geistigen Auge sah, war eine volle Maß Bier, die er in einem Zug hatte leeren wollen. Es sprach einiges dafür, dass es ihm gelungen war. Unter anderem das unerträgliche Hämmern in seinem Kopf sowie ein großes schwarzes Loch. Willi war übel.

„Wo ist ihr Auto?", wollte der Polizist von ihm wissen.

„Wo soll das schon sein? In der Garage, wo es immer steht", blaffte er zurück. Er war doch nicht so blöd und fuhr mit dem Auto zu einem Dorffest. Angeblich hatte man ihn gesehen, wie er kurz vor Ewalds Tod in sein Auto gestiegen war. So etwas Dämliches würde er nie tun. Er trank gern mal ein Bier, zugegeben auch mal eins über den Durst.

Aber er fuhr nie mit dem Auto, wenn er getrunken hatte. Als Berufskraftfahrer war er auf seinen Führerschein angewiesen. Er setzte doch nicht seine Existenz wegen ein paar Bierchen aufs Spiel. Das sah ihm doch gar nicht ähnlich.

Der Polizeibeamte war wirklich penetrant. Er ließ nicht locker. Mit wichtiger Miene stand er im Türrahmen, wartete aber wenigstens, bis Willi sich angezogen hatte. Eigentlich musste er auch dringend mal aufs Klo. Das Bier wollte raus. Aber er traute sich nicht, den Beamten zu fragen.

Mit prall gefüllter Blase ging Willi also dem Polizisten voraus nach draußen. Es war längst hell, doch in Sosberg schien die Welt an diesem Morgen stillzustehen. Kein einziges Geräusch war zu hören. Nicht einmal ein Vogel zwitscherte. Willi schaute über den Hof in Richtung Garage. Das Tor war fest verschlossen. Ein untrügliches Zeichen dafür, dass der Wagen drinstand. Denn wenn Willi mit dem Auto unterwegs war, ließ er das Tor meistens offen. Noch bevor Willi reagieren konnte, drehte der Polizist an dem Griff und schob das Stahltor schwungvoll nach oben.

Willi erschrak. Die Garage war leer. Sein Auto war tatsächlich weg. Willi hatte keine Ahnung, wo es abgeblieben war. Während er noch in seiner Schockstarre verharrte, reagierte der Polizist wieder blitzschnell. Im Dorf bewegte sich kein Blatt am Baum und keine Menschenseele war zu sehen, aber das Klicken der Handschellen hatten vermutlich alle gehört.

Vierzehn

Trudel fand es ganz normal, dass sie diejenige war, die sich um Ewalds Beisetzung kümmerte. Warum sollte Agnes sich aus der Ferne damit belasten? Agnes war Ewalds jüngste Schwester und inzwischen die Einzige noch lebende Verwandte ersten Grades. Die beiden Geschwister hatten nie ein sonderlich inniges Verhältnis gehabt. Trudel wusste das ziemlich genau, weil sie vor vielen Jahren mit der Familie sozusagen ziemlich engen Kontakt hatte. Es hätte ja damals auch nicht viel gefehlt und sie und Ewald hätten geheiratet.

Agnes war zu der Zeit schon weggezogen. Angeblich war ihr das alles zu eng im Hunsrück. Trudel hatte das nie verstanden. Was genau sollte denn hier eng sein? Nichts als Weite, wo man auch hinschaute. Zu eng wäre ihr persönlich allerhöchstens das Einzimmerapartment gewesen, das Agnes vorerst dem Leben im Dorf vorzog. Aber jeder musste ja bekanntlich nach seiner Fasson glücklich werden. Ob es Agnes gelungen war, wusste Trudel nicht.

Es dauerte eine ganze Weile, bis sie herausfand, wo Ewalds Schwester zurzeit wohnte. Aber Dank des weltweiten Netzes schaffte sie es dann doch. Sie rief Agnes an, um ihr die traurige Nachricht zu überbringen.

„Aber du wirst doch zur Beerdigung deines Bruders kommen."

„Wir haben schon seit Jahren kaum Kontakt. Manchmal verliert man sich eben aus den Augen. Auch wenn man blutsverwandt ist."

„Agnes, das kannst du nicht machen. Ich zähle auf dich. Du musst auch nichts weiter tun, als dich ins Auto zu setzen und nach Mörsdorf zu fahren. Um alles Weitere kümmere ich mich dann."

Ohne eine konkrete Zusage beendete Agnes das Gespräch. Trudel war platt. Sie wurde das Gefühl nicht los, dass Ewalds Tod seiner einzigen noch lebenden Schwester, auf gut Deutsch gesagt, am Arsch vorbeiging. Agnes interessierte sich nicht die Bohne dafür, wie und wo Ewald seine letzte Ruhestätte fand. Am Ende legte Trudel fest, dass er ein Rasengrab auf dem Friedhof der Gemeinde bekommen sollte. Das war kostengünstig und vor allem pflegeleicht. Außer einer Steinplatte, in die Ewalds Name sowie Geburts- und Sterbedaten eingraviert wurden, bedurfte es keinerlei Grabschmucks. Trudel ahnte schon, dass sie am Ende diejenige war, die sich um Ewalds Grab kümmern musste. Nicht, dass ihr das etwas ausgemacht hätte, aber Ewald hatte schließlich eine Schwester. Im Normalfall übernahm die Familie doch solche Pflichten.

Sobald die Leiche von der Rechtsmedizin freigegeben wurde, sollte die Beerdigung sein. Trudel bestand beharrlich darauf, dass Ewalds Schwester Agnes an der Beisetzung teilnahm. Und wenn sie erst in zwei Monaten Zeit dafür hatte, dann würde Ewald eben solange warten. Und wenn sie ihn einstweilen in der Bäckerei zwischenlagern musste.

Trudel wollte, dass Ewald eine schöne Beerdigung bekam. Mit dem Pfarrer hatte sie bereits gesprochen. Und auch der Kirchenchor hatte schon zugesagt, Ewald einen feierlichen Abschiedsgottesdienst zu bescheren. Auch wenn der Verstorbene selbst zu Lebzeiten kein großer Kirchgänger war. Es hätte ihm dennoch gefallen, davon war Trudel überzeugt.

Aber warum Agnes so widerborstig auf Ewalds Beerdigung reagierte, war ihr unverständlich. So vielbeschäftigt konnte doch niemand sein, dass er sich nicht einmal für einen einzigen Tag freimachen konnte. „Ich wusste gar nicht, dass du so eine wichtige Position innehast, die dich unabkömmlich macht“, hatte sie am Telefon gefrotzelt.

Diese Bemerkung hatte Trudel sich dann doch nicht verkneifen können. Dabei wusste sie ganz genau, dass Agnes schon lange nicht mehr berufstätig war. Nachdem sie ein hohes Tier aus der Politik geheiratet hatte, hatte sie sich gegen eine eigene Karriere entschieden. Trudel fand das vollkommen in Ordnung. Sie begrüßte es, wenn sich wenigstens ein Elternteil in Vollzeit um die Erziehung der Kinder kümmerte. Sie hatte tagtäglich genug Beispiele vor Augen, bei denen die Sache mit der Erziehung gründlich schiefgegangen war, weil niemand Zeit für den Nachwuchs hatte. Gut, die Zeiten hatten sich geändert. Das musste Trudel zugeben. Mit nur einem Verdienst konnte man heute eben keine vierköpfige Familie mehr ernähren.

Aber im Fall von Agnes konnte man sich diesen Luxus ja durchaus erlauben. Die dumme Kuh sollte jetzt also bloß nicht so tun, als könne man in der Landeshauptstadt keinen halben Tag auf sie verzichten. Trudels Verständnis für Moral und Ordnung ließ fadenscheinige Ausreden nicht zu, wenn es um die Beerdigung des eigenen Bruders ging.

Ja, sie würde Agnes unter Druck setzen. Ihr Gatte hatte schließlich einen Ruf zu verlieren. Die Landeshauptstadt war ja nicht aus der Welt. Trudel kannte sich aus. Sie würde sich nicht scheuen, Agnes mit der Presse zu drohen. Es interessierte sicher nicht nur die Lokalredaktion, wie viel der Gattin eines zumindest nicht unbekannten Landtagsmitglieds an der eigenen Familie lag.

Bei einem weiteren Telefonat sagte Agnes am Ende zu, wenn auch widerwillig. Trudel legte zufrieden auf. Sie hatte ihr Ziel erreicht. Agnes würde zur Beerdigung erscheinen. Das war ja wohl auch nicht zu viel verlangt. Schließlich kümmerte Trudel sich um alle Formalitäten einschließlich Leichenschmaus, der natürlich bei ihr in der Bäckerei stattfinden würde. Agnes musste doch nichts weiter tun, als ihren Hintern in den Hunsrück zu bewegen.

Fünfzehn

So überzeugt er auch nach Sosberg gerast war, so unsicher war Hansen jetzt. Hatte er wirklich den Richtigen? Der Mann machte auf ihn so einen erbärmlichen Eindruck, dass er ihm fast leid tat. So sah doch kein eiskalter Mörder aus. Wenn Hansen sich das Häufchen Elend ansah, das auf dem Stuhl in seinem Dienstzimmer kauerte und vor sich hin ins Leere starrte, regten sich leise Zweifel in ihm. Seit mehreren Stunden hatte Willi kein Wort mehr mit ihm gesprochen, geschweige denn seine Fragen beantwortet.

Hansen versuchte es noch einmal im Guten und legte Willi seine Hand auf die Schulter. „Jetzt erinnern Sie sich doch! Was ist passiert, nachdem der Bürgermeister Sie und Ewald aus dem Zelt katapultiert hat?"

Hansen wartete vergeblich auf eine Antwort. Entweder konnte Willi sich wirklich nicht mehr erinnern, oder er wollte einfach nicht kooperieren. Letzteres würde Hansen allerdings sehr verärgern. Wenn er klug war, arbeitete er nämlich mit ihm zusammen. Ein Geständnis wirkte sich schließlich immer positiv auf das Urteil aus. Zudem hatte Willi eine gute Sozialprognose vorzuweisen. Er hatte einen festen Job als Kraftfahrer und einen festen Wohnsitz. Hansen konnte ihm nur raten, zu sagen, was er wusste.

Doch Willi schwieg beharrlich. Hansen blieb nichts anderes übrig, als ihn dazubehalten. Wenigstens für vierundzwanzig Stunden. Ganz egal, was er persönlich dachte, die Fakten sprachen gegen Willi. Es gab Zeugen, die gesehen haben wollten, dass Willi, kurz nachdem man ihn und Ewald aus dem Zelt geworfen hatte, mit seinem Auto wegfuhr. Wie glaubwürdig diese Aussagen waren, konnte Hansen nicht bewerten. Die Kerle waren ja alle alkoholisiert bis dort hinaus. Dennoch musste er Willi einsperren. Auf der Dienststelle gab es eine Zelle, die in der Regel nur zu Ausnüchterungszwecken genutzt wurde. Da brachte er Willi jetzt hin. Er konnte schließlich nicht den ganzen Tag neben ihm sitzen und ihm Fragen stellen, auf die der Polizist sowieso keine Antwort bekam. Dafür war seine Zeit zu schade.

Hansen musste jetzt alles daran setzen, das Auto zu finden. Wenn er den Wagen hatte, hatte er auch Beweise. Entweder gab es Spuren die Willi ent- oder eben belasteten. Die Suche nach dem Wagen hatte oberste Priorität. Ohne Spuren zu hinterlassen, konnte man ja wohl keinen Menschen totfahren. Und um den Wagen so gründlich zu reinigen, dass nichts mehr zu finden war, hätte Willi gar nicht die Zeit gehabt. Außerdem war er dafür viel zu betrunken gewesen. Hansen hatte ihn vorsorglich auf der Dienststelle noch mal ins Röhrchen pusten lassen. Selbst am Morgen zeigte der Messwert im Display noch eins Komma drei Promille.

*

Hansen fand es ärgerlich, dass es noch keinen klaren Beweis für Willis Schuld gab. Nur zu gern hätte er Berger angerufen, um ihm mitzuteilen, dass er den Fall schon gelöst hatte. Und das bereits am ersten Tag. Da wäre ihm die Beförderung, auf die Ulla schon seit einem Jahr wartete, sicher gewesen. Und Hansen hätte sich endlich getraut, seiner Freundin den Antrag zu machen, auf den sie schon so lange wartete. Hansen war davon überzeugt, dass es nicht mehr lange dauern konnte. Es musste doch endlich jemand einsehen, dass diese Dienststelle ohne ihn nicht funktionierte.

Während Willi in der Zelle schmorte, überlegte Hansen, wie es nun weitergehen sollte. Schließlich konnte er sich nicht allein auf den Weg machen, um nach dem Wagen zu suchen. Er brauchte Hilfe. Aber wo würde er diese anfordern? Das Läuten des Telefons riss ihn aus seinem Tagtraum.

„Polizeiinspektion Simmern, Hansen am Apparat." Die Worte kamen wie mechanisch aus seinem Mund, so oft hatte er sie schon gesagt.

„Na, Hansen, wer könnte das wohl sein am Sonntagvormittag?", hörte er Bergers Stimme am anderen Ende der Leitung.

Hansen war erleichtert, dass Berger ihm zuvorgekommen war. Er konnte ihm von seinem Fahndungserfolg erzählen, ohne dass es zu angeberisch rüberkam.

„Morjen Chef. Gut, dass Sie anrufen. Es gibt Neuigkeiten."

„Da bin bin aber gespannt. Schieß los."

Hansen berichtete Berger von den Aussagen der Festgäste und davon, dass einer der Anwesenden ganz sicher gesehen haben wollte, wie ein Sosberger namens Willi mit seinem Auto wegfuhr. Und zwar in die Richtung, in die auch Ewald zu Fuß unterwegs war. Dass die Gäste, die am frühen Morgen noch „übrig" waren, alle sternhagelvoll und deshalb gar nicht zurechnungsfähig waren, verschwieg Hansen erst einmal.

Ob das etwas an Bergers Lob geändert hätte, wusste er nicht. Aber die Worte seines Vorgesetzten gingen runter wie Öl. Hansen hatte alles richtig gemacht.

„Lass den Kerl ruhig noch ein bisschen schmoren. Vierundzwanzig Stunden kannst du ihn sowieso festhalten. Bei der Gefahrenlage sogar länger. Vielleicht schaffst du es ja noch, ein Geständnis aus ihm herauszuquetschen", riet Berger.

Um die nötige Unterstützung bei der Suche nach dem Auto würde Berger sich kümmern. Hansen war beruhigt. Damit hatte er also schon mal nix mehr zu tun. Obwohl er selbstverständlich auch persönlich rausfahren würde, um die Sache im Blick zu behalten.

„Wenn du weitere Hilfe brauchst, sag Bescheid. Für ein paar Stunden kann ich mich möglicherweise hier auch mal absetzen. Aber wie ich sehe, hast du die Lage ja ganz gut unter Kontrolle. Also bis dann", sagte Berger und legte auf.

Hansen starrte verzückt auf den Telefonhörer in seiner Hand. Er brauchte eine Weile, bis er den Apparat zurück auf die Ladestation legen konnte. Vor lauter Stolz brabbelte er Bergers lobende Worte mehrmals halblaut vor sich hin. Das breite Grinsen aus seinem Gesicht verschwand erst, als es an der Tür klopfte.

Hansen fuhr erschrocken zusammen. Im Türrahmen stand Bürgermeister Friedhoff. Im Schlepptau hatte er seinen Kollegen aus Sosberg, Hansen kannte ihn vom Sehen. Ihm fiel bloß im Moment sein Name nicht ein. Der Ortschef von drüben schob sich mit hochrotem Kopf vor Friedhoff und ergriff auch gleich Partei für Hansens Gefangenen:

„Herr Hansen, der Willi, der war das nicht", sagte er bestimmt. „Sie müssen den wieder freilassen, der dreht sonst durch."

„So so, das überlassen Sie mal schön mir. Woher wissen Sie überhaupt, dass wir bereits erfolgreich ermittelt haben und eine Person festsetzen konnten?" Hansen war stolz auf seine Wortwahl, obwohl er ziemlich arrogant klang. Aber was bildete der Kerl sich auch ein, einfach hier hereinzuspazieren und ihm vorzuschreiben, wie er zu arbeiten hatte. Er ließ sich doch in seinem Mordfall nicht die Butter vom Brot nehmen.

Der Bürgermeister aus Sosberg machte mit geballter Faust einen Schritt auf Hansen zu. Doch Friedhoff hielt ihn zurück. „Ich hab's dir gesagt, Andreas. Der Hansen, der macht hier nur seinen Job. Und wenn die Lage so aussieht, wie sie aussieht, dann muss man halt abwarten."

„Genau", bestätigte Hansen. Er war froh, dass Friedhoff ihn in seiner Meinung unterstützte.

„Ich bin hier am Ermitteln. Es steht ja noch nix fest. Aber solange der Verdacht besteht, muss ich den Herrn Willi hier festhalten. So ist halt das Gesetz. Das müssten Sie, als Ortsvorsteher, doch eigentlich auch wissen." Hansen bekam Oberwasser. Mit Friedhoffs Unterstützung im Rücken traute er sich noch mehr.

„Und jetzt muss ich Sie bitten zu gehen. Beide. Ich habe nämlich noch zu tun."

Hansen erkannte sich selbst nicht wieder. So forsch war er sonst eigentlich gar nicht.

Aber die Anwesenheit von Friedhoff, der Fahndungserfolg und das Lob seines Chefs beflügelten ihn. Die beiden Bürgermeister waren schon in der Tür, als Hansen sagte: „Wenn Sie Willi helfen wollen, halten Sie die Augen auf. Irgendwo muss sein Auto ja sein. Je eher wir es finden, desto besser."

Die beiden Männer nickten und verließen die Dienststelle. Hansen war zufrieden mit sich.

Je eher wir es finden, desto besser, hatte er gesagt. Besser für wen, hatte er nicht gesagt. Möglicherweise war es für Willi ja besser, wenn das Auto nicht gefunden wurde. Diesen Gedanken behielt Hansen aber klugerweise erst einmal für sich.

Sechzehn

„Es handelt sich ja auch nicht um einen gastronomischen Betrieb. Ich will lediglich das Okay, dass ich so eine Art mobilen Kiosk direkt an der Brücke betreiben darf. Schließlich ist es dem Typen mit dem Fahrrad doch auch erlaubt, seine Bratwurst hier an den Mann zu bringen." Silke Sommer war nicht zu bremsen. Seit Stunden redete sie auf Mörsdorfs Bürgermeister ein. Sie ließ einfach nicht locker. Die Frau schien nicht zu kapieren, dass man genau diese Art von Gastronomie am Brückenkopf nicht wollte. Zigmal hatte er ihr das jetzt schon erklärt. Als ob Friedhoff derzeit nicht genug andere Sorgen hätte. Er atmete tief durch und versuchte es noch einmal.

„Verstehen Sie doch endlich", begann er behutsam. „ Bei der Hängeseilbrücke handelt es sich unter anderem auch um ein Naturerlebnis. Wenn da jetzt jeder irgendeine Bude aufmacht, können wir uns die Auszeichnung in die Haare schmieren. Es gibt doch genügend touristische Angebote im Dorf und genau diese sollen die Touristen auch nutzen. Im Klartext heißt das, die Leute latschen über die Brücke und kehren dann im Dorf ein. Ob beim Bäcker, im Gasthaus, der Weinlounge oder in der neuen Pizzeria. Ganz egal. Hauptsache, das Dorf wird belebt und kommt wirtschaftlich voran."

Friedhoff machte eine Pause, um zu sehen, ob sein Gegenüber kapiert hatte, was er sagen wollte. Ihm war schleierhaft, was sie daran nicht verstand. Aber Silke Sommer schaute ihn mit ihren großen blauen Augen verwundert an und tat so, als sei er ballaballa. Und genauso behandelte sie ihn auch.

„Gucken Sie doch mal", versuchte sie es wieder. „Ihre Kollegen auf der anderen Seite sind da deutlich fortschrittlicher als Sie. Der Wurstmann ist neben der Brücke DIE

Attraktion. Genau so etwas könnten wir doch hier auf der Mörsdorfer Seite auch haben. Zum Beispiel mit meinem kleinen Stand, an dem ich übrigens nur regionale Produkte verkaufen will, keinen Ramsch oder blöde Souvenirs. Das ist doch tooll." Das letzte Wort zog Silke Sommer sehr in die Länge und formte dabei einen Kussmund.

Friedhoff konnte sich nur noch schwer beherrschen. Wenn er die Frau nicht bald loswerden würde, konnte er für nichts garantieren. Er spielte mit dem Gedanken, der Alten eine zu kleben. Die war wirklich von Natur aus blond. Und zwar seit ihrer Geburt, wie es schien.

Friedhoff war wahrlich alles andere als ein Macho und er bedauerte es sehr, dass er in diesem Moment so dachte. Aber Silke Sommer ließ ihm keine andere Wahl. Diese Frau schien keinen Funken Verstand im Hirn zu haben. Sie kapierte einfach nicht, was er ihr sagen wollte.

„Gute Frau. Es liegt mir fern, Ihnen das Geschäft zu ruinieren. Ich sagte doch bereits, dass wir im Ort ein paar sehr interessante Objekte verpachten, die sich für ihr Angebot optimal eignen …" Friedhoff unterbrach seine Rede. Silke Sommer hatte sich mitten im Gespräch einfach umgedreht und war auf ihren hochhackigen Schuhen davongestöckelt.

Auch gut. Wenn Friedhoff geahnt hätte, dass das Angebot an verfügbaren Immobilien ihn zum Ziel führen würde, um diese Frau loszuwerden, wäre er schon früher damit um die Ecke gekommen. Aber sei's drum. Silke Sommer war weg. Zumindest vorerst. Wie Friedhoff die Dame einschätzte, ließ sie es damit aber nicht auf sich bewenden. Die kam wieder, um schwerere Geschütze aufzufahren. Da war Friedhoff sich ziemlich sicher.

Siebzehn

„Wir haben das Auto gefunden."

Hansens Herz schlug höher. „Wo?", fragte er aufgeregt.

„In einem ehemaligen Schweinestall am Feldweg, der zur Geierlay-Brücke führt."

„Und?"

„Wir sind noch dabei, den Wagen genau unter die Lupe zu nehmen. Aber so viel kann ich sagen, das Auto ist definitiv in einen Unfall verwickelt gewesen."

Hansen fühlte sich in seiner Meinung bestätigt. Und er hatte doch den Richtigen eingelocht. Da war er sich jetzt sicherer als je zuvor. Kaum hatte er den Hörer zurück auf die Ladestation gelegt, machte er sich auch schon auf den Weg nach Sosberg.

Die Strecke kannte er wie im Schlaf. Theoretisch hätte er auch über Mörsdorf fahren und dann den Fußweg über die Geierlay-Brücke nehmen können. Aber in so einem wichtigen Fall zog Hansen es vor, mit dem Dienstwagen vorzufahren. Es machte einfach mehr Eindruck.

Die Leute von der Spurensicherung waren bereits dabei, nach Beweisen für den Unfall zu suchen.

Für Hansen war die Sache allerdings auf den ersten Blick klar. Das sah doch ein Blinder mit Krückstock, dass das Auto, das Willi mehr schlecht als recht in dieser Garage versteckt hatte, das gesuchte Fahrzeug war.

Die Motorhaube war eingedrückt. Überall gab es Blutspritzer und am Kühlergrill hingen Stofffetzen eines karierten Herrenhemds. Genau so eins hatte Ewald zum Zeitpunkt seines Todes angehabt. Na, wenn das Zufall war, wollte Hansen einen Besen fressen. Er wusste nicht, was es da noch zu überlegen gab.

Aber er wollte sich vor den Leuten hier auch nicht blamieren. Um sicher zu gehen, überprüfte er anhand des amtlichen Kennzeichens vorsichtshalber die Daten des Halters. Na also, das war's doch: Willi Langhammer aus Sosberg war derjenige, auf den das Auto zugelassen war. Bingo! Hansen schlug sich mit der Faust in die hohle Hand.

Ohne die offiziellen Untersuchungsergebnisse abzuwarten, feierte Hansen seinen Erfolg. Ihm war es schließlich zu verdanken, dass der Täter bereits hinter Gittern saß.

Er war eben ein begnadeter Kriminalist. Nicht, dass er das nicht vorher gewusst hätte. Aber im Dorf schien es immer noch Leute zu geben, die an seinen Fähigkeiten zweifelten. Und sich gelegentlich auch über ihn lustig machten. Aber damit war jetzt Schluss.

Mit dieser einmalig schnellen Aufklärung eines Mordfalls – vermutlich einzigartig in der Geschichte seiner Dienststelle – lieferte er wohl auch dem letzten Zweifler den Beweis für seine ermittlerischen Fähigkeiten. Und das alles ohne die Hilfe seines Chefs. Na, der konnte sich von seinem jungen Kollegen ja wohl noch eine Scheibe abschneiden. Seit Wochen dokterte der mit einer ganzen Armada an ausgebildeten Kriminalisten an dem Sonderfall Friedhofsmord. Und was war das Ergebnis? Genau: Es gab keins.

Im Gegensatz zum Fall Ewald. Ein Tag mit Hansen, und alles ist geklärt. Mit stolzgeschwellter Brust stieg Hansen in seinen Dienstwagen. Bevor er nach Simmern zurückfuhr, wollte er aber noch kurz im Dorf vorbeischauen.

Als erstes Ermittlungsgenie am Platz, konnte er es sich durchaus erlauben, die Neuigkeiten schon mal im Dorf zu verbreiten. Auch wenn sein Ermittlungserfolg von offizieller Seite noch nicht bestätigt worden war. Lange konnte es schließlich nicht mehr dauern, bis das Ergebnis der Untersuchung auf seinem Schreibtisch lag.

Hansen hatte Glück. In der Bäckerei herrschte um diese Uhrzeit Hochbetrieb. Für ihn die passende Gelegenheit, um die Nachrichten unter die Leute zu bringen. Noch bevor er an der Reihe war, platzte er mit der Neuigkeit heraus. „Habt ihr schon mitbekommen, dass wir soeben das Unfallfahrzeug sicherstellen konnten?"

Sofort richteten sich alle Augenpaare auf den uniformierten Hansen.

Einige Kunden machten erstaunte Gesichter, nickten ihm anerkennend zu oder gaben ihrer Bewunderung Ausdruck, indem sie Hansen lobend auf die Schulter klopften.

Nur Trudel blieb skeptisch. Mit finsterer Miene stand sie hinter der Ladentheke und strafte Hansen mit verachtendem Blick. Hansen ignorierte die Bäckersfrau, so gut es ging, und verließ den Laden, ohne etwas gekauft zu haben. Es war nicht nötig, weitere Anlaufstellen aufzusuchen. In der Bäckerei waren schon die richtigen Leute vertreten, die dafür sorgten, dass sich die Nachricht wie ein Lauffeuer im ganzen Dorf verbreiten würde. Daran würde auch Trudel nichts ändern können. Mit einem zufriedenen Grinsen im Gesicht setzte Hansen seinen Weg fort und machte sich in seinem Dienstwagen, sprich im Polizeiauto, auf zur Dienststelle nach Simmern.

Achtzehn

„Ach Leute, redet doch keinen Blödsinn. Der Willi war das nicht. Den kenne ich doch schon seit meiner frühesten Jugend und das ist schon eine ganze Weile her. Das könnt ihr mir glauben.“

Den ganzen Vormittag war Trudel damit beschäftigt, ihre aufgebrachte Kundschaft davon zu überzeugen, dass die Polizei in diesem Fall irrte. Hansen hatte den Falschen erwischt, da war Trudel sich ganz sicher. Und wenn sein Auto hundertmal Unfallspuren aufwies. Sie glaubte keine Sekunde daran, dass der Mann aus dem Nachbardorf zu so einer Tat fähig war. Nicht einmal in alkoholisiertem Zustand. Die Menschen waren aber auch leicht beeinflussbar. Es war nicht zu fassen.

Als der Laden sich leerte, zog Trudel sich erschöpft in den Nebenraum hinter der Theke zurück, um für einen Moment zu verschnaufen. Die Eingangstür behielt sie im Blick.

Sie sah ihn schon von Weitem auf die Ladentür zusteuern. Gerade war sie diese nervige Silke Sommer losgeworden, die ihr seit Wochen wegen der Marmelade, mit der sie ihre Hefeklöße füllte, auf den Keks ging. Das Rezept von ihrer *Leckschmier* war geheim. Und das blieb es auch. Seit Jahrzehnten, ach was, seit Jahrhunderten, wurde es in ihrer Familie weitergereicht, ohne dass je eine fremde Person die genaue Liste der Zutaten erfahren hätte. Trudel würde den Teufel tun, es jetzt dieser Stadtschickse zu verraten, damit die sich mit ihrem Bauchladen am Brückenkopf mit Trudels *Leckschmier* eine goldene Nase verdiente.

Die Stimmung im Dorf war gedrückt. Kein Wunder. Der Mord an Ewald schwebte wie ein Damoklesschwert über dem

Ort. Da half es auch nichts, dass der Bürgermeister mit dem Kamerateam vom *SWR* in der Bäckerei auftauchte. Obwohl Trudel sich alle Mühe gab, eine gute Figur zu machen, konnte sie sich nicht so recht über die Fernsehaufnahmen freuen.

Im Gegenteil. Am liebsten hätte die sonst so geschäftstüchtige Trudel die Tür verschlossen, und sich in ihre Küche hinter dem Verkaufsraum zurückgezogen. Aber das war natürlich ein Ding der Unmöglichkeit. Man stelle sich bloß vor, gleich darauf käme einer von diesen modernen Hipstern, die alles sofort auf *Instagram* posteten. Bei dem Gedanken, ein Foto von ihrer verschlossenen Bäckerei im Internet zu finden, lief es Trudel kalt über den Rücken. Als der Fremde in Lederhosen den Laden betrat, spannte sie also ihren Körper an, drückte den Rücken durch und setzte ihr freundlichstes Lächeln auf.

„Guten Tach, der Herr. Was darf's diesmal sein. Vielleicht wieder ein *Berliner*?“, fragte sie mit hoher Stimme. Es sollte so unbeschwert wie möglich klingen.

„Ein belegtes Brötchen.“ Die Stimme klang viel weniger unfreundlich, als Trudel erwartet hatte. Genau genommen konnte sie sogar aus diesem einen kurzen Satz einen warmen Unterton heraushören. Sie wollte mehr davon. Vielleicht fiel ihr dann endlich ein, woher sie den Mann kannte. Sie versuchte, ihn in ein Gespräch zu verwickeln.

„Hat Ihnen denn der *Berliner* geschmeckt?“, fragte sie ganz unbedarft. „Heute kann ich Ihnen auch Nussecken oder Streuselteilchen empfehlen. Falls sie nach dem deftig belegten Brot noch Lust auf Süßes verspüren.“

Der Mann schüttelte den Kopf. „Die Semmel genügt“, versicherte er und zückte sein Portemonnaie. Vermutlich, um zu demonstrieren, dass er zahlen und anschließend gehen wollte.

Trudel resignierte. Sie kassierte, begleitete den Mann dann aber zur Ladentür, die sie für ihn öffnete. Das machte sie sonst eigentlich nie. Die kleine Serviceleistung bot ihr diesmal aber die Gelegenheit, unauffällig zu schauen, wohin der Fremde ging. Zuerst sah es so aus, als wolle er auf den Parkplatz gegenüber der Dorfkneipe. Dann aber plötzlich, so als habe er es sich anders überlegt, machte er einen Schwenk nach rechts und ging an dem Parkplatz vorbei in Richtung Ortsmitte.

Trudel schüttelte den Kopf. Ihr wollte partout nicht einfallen, wieso dieser komische Vogel ihr so bekannt vorkam. Sie hatte sich schon eine einschlägige Frauenzeitschrift gekauft, um die Bilder der Prominenten mit dem des Mannes zu vergleichen.

Leider vergeblich. Wenn es sich nicht um einen royalen Gast handelte, dann vielleicht um einen Schauspieler. Oder einen der zahllosen Moderatoren, die tagtäglich über den Bildschirm flimmerten. Der Gedanke an eine Berühmtheit in ihrem Laden beflügelte Trudels Fantasie.

Im Geiste sah sie bereits Fotos von sich und dem berühmten Unbekannten kursieren, auf *Instagram*, *Snapchat*, *Facebook* und wie die modernen Mediendinger alle hießen.

Das Foto würde sie natürlich ausdrucken und in einem schönen Rahmen direkt über der Brotauslage platzieren, damit es jeder Kunde sofort sehen konnte.

Trudel entfuhr ein Seufzer, der viel leidenschaftlicher klang, als ihr lieb war. Inzwischen war die Sonne um die Ecke verschwunden und der Platz vor der Bäckerei lag im Schatten. Auf der Straße war niemand mehr zu sehen. Ein Zustand, den man in Mörsdorf kaum noch kannte. Es war kurz vor Ladenschluss. Doch bevor Trudel die Auslage aufräumte und sauberwischte, machte sie einen Schritt nach draußen. Sie fröstelte.

Auf dem Parkplatz vor der Dorfwirtschaft standen nur wenige Autos. Der Oldtimer war ihr schon von drinnen aufgefallen. Das Auto hatte Ausstrahlung. Ob es dem Fremden gehörte? Trudel schloss die Ladentür ab und schlich vorsichtig, um nicht von Resi oder Egon aus dem Gasthof gesehen zu werden, hinüber zu dem parkenden Fahrzeug.

Den Geruch des alternden Leders konnte Trudel förmlich durch die verschlossenen Fensterscheiben riechen. Die Bäckersfrau verstand nichts von Autos, aber allein das Armaturenbrett aus rötlich glänzendem Holz verlieh dem Wagen eine zeitlose Eleganz. Daran änderten auch die offensichtlichen Abnutzungserscheinungen nichts. Trudel drückte sich die Nase platt, um ins Innere des Wagens zu schauen.

Auf dem Rücksitz stand ein geflochtener Weidenkorb, der mit einer Strickjacke abgedeckt war. Der Beifahrersitz war leer. Nur das Handschuhfach stand einen Spaltbreit offen. Trudel konnte nicht erkennen, ob sich darin etwas befand, egal wie sehr sie sich auch bemühte.

Die Hupe eines vorbeifahrenden Wagens erschreckte sie. Hätte Trudel sich nicht in letzter Sekunde am Türgriff des Oldtimers festgehalten, wäre sie glatt rückwärts stolpernd gegen das Nachbarfahrzeug geplumpst. Glücklicherweise hatte keines der Autos eine Alarmanlage. Sonst hätte sie jetzt schön blöd dagestanden. Wie eine Autoknackerin. Trudel sah sich um.

Ihr kleines Malheur schien niemand bemerkt zu haben. Durch den Ruck war lediglich die Klappe des Handschuhfachs aufgesprungen. Trudel konnte nun ganz deutlich sehen, was sich darin befand. Ihr blieb vor Schreck der Mund offen stehen. Doch bevor sie reagieren konnte, merkte sie, wie jemand sie von hinten packte und ihr einen ekelhaft riechenden feuchten Lappen unter die Nase hielt. Trudel wurde übel. Dann brach sie bewusstlos zusammen.

Neunzehn

Manfred hatte ein ungutes Gefühl. Er fühlte sich ertappt. Vorsichtshalber war er noch einmal zu dem Schuppen gegangen, in dem er Willis Auto abgestellt hatte. Der Lappen, mit dem er in der Tatnacht seine Spuren verwischt hatte, lag noch auf dem Boden. Manfred nahm das Tuch an sich, nachdem er noch einmal alle Teile, die er möglicherweise berührt hatte, abgewischt hatte.

In dem Moment, in dem er sich am Lenkrad zu schaffen machte, glaubte er, einen Lichtstrahl zu sehen. Er hielt inne und wartete einen Moment. Draußen war das Geräusch eines laufenden Motors zu hören. Manfred hatte sich hinter der Stahltür versteckt, bis sich das Auto entfernte.

Es war gut möglich, dass ihn jemand gesehen hatte. Denn tags drauf fand die Polizei Willis Auto. Über die Ergebnisse der Ermittlungen konnte Manfred leider nichts in Erfahrung bringen. So sehr er sich auch bemühte, die Stammtischgespräche in der Dorfwirtschaft zu verfolgen. Mit diesem Dialekt kam er einfach nicht klar. Und das, obwohl er selbst aus Bayern kam.

Die Polizei hielt natürlich auch alle relevanten Informationen zurück, damit der Täter, also in dem Fall er selbst, nicht wusste, woran er war. Auch im Lokalblatt, das er sich extra in der Bäckerei besorgt hatte, war nichts Neues über den Mord zu lesen. Aber mit welchem Röntgenblick die Bäckerin ihn bei seinem letzten Besuch durchleuchtet hatte … Das war ihm durch Mark und Bein gegangen.

Obwohl es nahezu unmöglich war, dass die Frau ihn erkannt hatte. Bei seinem letzten Besuch in Mörsdorf war er nur einmal ganz kurz in der Bäckerei gewesen. Aber bedient wurde er damals von einem jungen Mädchen. Vermutlich eine Aushilfe, die sich in den Schulferien ein bisschen Geld dazuverdienen wollte. Die Bäckerin selbst war damals gar nicht im Laden gewesen. Er konnte sich noch genau daran erinnern, dass sie irgendetwas suchte, das sie in dem Nebenraum hinter der Theke vermutete. Seltsam, dass ihm das so genau im Gedächtnis geblieben war. Er wusste es nicht mehr genau, glaubte sich aber zu erinnern, dass die Bäckersfrau gerade in dem Moment, in dem er schon an der Ladentür war, zurück ins Geschäft kam. Sie hatte ihm zum Abschied noch einen schönen Tag gewünscht.

Er war damals gleich nach dem Einkauf losgefahren. Seine damalige Mission war erfüllt. Er hatte es eilig zu verschwinden. Im Grunde genommen hatte niemand wirklich Notiz von ihm genommen. Die Leute waren zu sehr mit anderen Dingen beschäftigt. Und obwohl er auch damals in demselben Gasthof untergekommen war wie jetzt, erinnerte sich niemand an ihn. Seinen richtigen Namen hatte er auch diesmal nicht angegeben. Außerdem hatte sich sein Äußeres verändert. Sein Haar war deutlich schütterer geworden und er trug inzwischen Bart. Den hatte er sich extra für den Anlass wachsen lassen. So einen, wie die Männer ihn heute trugen, die besonders modisch sein wollten. Manfred wirkte dadurch jünger, als er war. Nicht, dass er dachte, ein Bart verjünge ein Gesicht. Das war ein Trugschluss. Eher das Gegenteil war der Fall. Aber da es derzeit „hip“ war, Bart zu tragen und überwiegend jüngere Männer sich so zeigten, verlieh der bärtige Haarwuchs ihm, trotz seines fortgeschrittenen Alters, einen jugendlicheren Touch.

Dennoch sollte er sich nicht mehr allzu lange im Dorf herumtreiben. Er musste nur noch die Beerdigung abwarten. Wenn er Frau Nachtigall von der Tourist-Info Glauben schenken konnte, war die Beisetzung aber erst in einigen Tagen geplant. Die einzige noch lebende Schwester des Opfers konnte sich nicht früher freimachen. Das waren Frau Nachtigalls Worte. Pah, dass er nicht lachte. Was für ein dummes Geschwätz. Nicht freimachen. So ein Blödsinn. Das war ja wohl vielmehr eine Frage des Wollens. Aber ihm konnte es egal sein. Auch wenn er wegen dieser Madame noch nicht sofort abreisen konnte.

Er musste sich in der Zwischenzeit ein wenig bedeckt halten. Ein Fremder fiel immer noch auf. Inzwischen waren die meisten Gäste abgereist. Das Oktoberfest, das ursprünglich drei Tage dauern sollte, war wegen des Unfalls abgesagt worden. Er gehörte zu den wenigen Fremden, die geblieben waren. Im Normalfall wäre er unter den vielen Tagesgästen nicht aufgefallen. Jetzt guckte man aber schon genauer hin. Na ja, wenn er ehrlich war, war er selbst ja nicht ganz unschuldig an der Situation.

Gut, es war nicht ganz glücklich gelaufen. Aber es hatte sich nun mal so ergeben. Jetzt musste er sehen, wie er damit klarkam. Seine Mission war noch nicht beendet. Es gab schließlich noch jemanden, der zu dieser Sippe zählte. Leider die einzige Person, von der er kein Bild hatte. Er stocherte sozusagen im Dunkeln. Aber wenn es erst einmal so weit war, würde sich schon zeigen, wer dazu gehörte und wer nicht. Da war Manfred ganz zuversichtlich.

Das Glück hatte ihm bisher in die Karten gespielt, und war sicher auch weiterhin auf seiner Seite. Davon war er überzeugt.

Manfred packte das Brötchen, das er in der Bäckerei erstanden hatte, aus und biss genüsslich hinein. Sogleich verbesserte sich seine Laune. Die dicke Bäckerin verstand ihr Handwerk. Das Brötchen war genauso belegt, wie Manfred es gern mochte. Eine dicke Scheibe Hausmacher Leberwurst, keine Butter, eine Gewürzgurke und genau die richtige Menge an süßem Senf. Ansonsten keinerlei Firlefanz. Herrlich. Manfred genoss den Imbiss und wischte sich einen Rest Senf vom Kinn, bevor er die Papiertüte zerknüllte und in einem der Mülleimer am Straßenrand entsorgte.

Schade, dass es vermutlich das letzte Mal war, dass er in den Genuss eines so köstlichen Brötchens kam. In der Bäckerei würde er sich in den nächsten Tagen auf alle Fälle nicht mehr blicken lassen. War besser so. Das hatte er im Gefühl.

Zwanzig

Franka fühlte sich wohl im Hunsrück. Dass sie das Leben in dem beschaulichen Dörfchen dem in der Großstadt vorgezogen hatte, hatte sie noch keine Sekunde lang bereut. Die Leute hatten sie freundlich aufgenommen, waren offen und hilfsbereit. Die Hilfsbereitschaft wollte sie natürlich auch zurückgeben. Deshalb stand es außer Frage, Elsjens Bitte nachzukommen, sich in ihrer Abwesenheit um das Grab ihres verstorbenen Mannes zu kümmern.

Am Vormittag hatte Franka Jutta verabschiedet. Nicht, dass sie den Besuch bei ihr vorzeitig beendet hätte. Im Gegenteil, sie war mal wieder mit Klaus-Dieter zu einem Ausflug an die Mosel verabredet. Sie wollten gemeinsam den berühmten Bremmer Calmont, Europas steilsten Weinberg, bezwingen. Mit einem Augenzwinkern hatte Franka der Freundin einen schönen Tag gewünscht und dem VW-Bus hinterhergewinkt, bis er am Horizont verschwunden war. Franka nutzte die Gelegenheit, ihre neue Wohnung auf Vordermann zu bringen und machte sich am Nachmittag auf den Weg zum Friedhof.

Franka hatte wenig Mühe, das Grab von Elsjens Mann zu finden. Wie erwartet war es eines von denen, die besonders gepflegt aussahen. Der Inschrift auf dem Grabstein nach war Kurt Kastor schon vor zehn Jahren gestorben. In dem Pflanzbeet vor dem grauschwarzen Marmorstein blühten lilafarbene Erikas und gelbe Astern. In geometrischer Anordnung und immer gleichem Abstand. Franka war sicher, dass Elsjen auf den Zentimeter genau abgemessen hatte, wo die Pflanzen sitzen mussten.

Sie schaute sich Kurts letzte Ruhestätte genau an. Außer den Blümchen ein wenig Wasser zu geben, gab es hier wirklich nichts zu tun. Die Gießkannen aus grünem Plastik, die die Gemeinde den Friedhofsbesuchern zur Verfügung stellte, waren alle im Einsatz. Ungeduldig wechselte Franka von einem Beim auf das andere. Warten gehörte nicht zu ihren Stärken.

„Ach, die Presse schaut mal nach dem Rechten. Das ist gut“, hörte Franka plötzlich eine Stimme hinter sich. Sie drehte sich um und erkannte eine Frau mittleren Alters, die sie schon häufiger im Dorf gesehen hatte. Ihren Namen kannte sie allerdings nicht. Dafür schien die Frau genau zu wissen, wen sie vor sich hatte. Sie plapperte munter weiter.

„Das geht ja nicht, dass man in Urlaub fährt und sich niemand um das Grab kümmert. Gell? Gerade jetzt, wo schon die ersten Blätter fallen. Wenn ein Putzlappen benötigt wird, kein Problem, ich habe alles dabei. Verleih ich gerne."

Franka war sprachlos, nahm das Angebot aber dennoch an. Während sie weiter auf eine freie Gießkanne wartete, zupfte sie in gebeugter Haltung ein paar imaginäre Blätter vom Grab und wischte mit dem Tuch über den Stein. Das alles unter den strengen Blicken der Frau, die ihr den Putzlappen ausgeliehen hatte. Erst als alles blinkte und glänzte, traute Franka sich, das Tuch zurückzugeben. Natürlich nicht, ohne sich höflich dafür zu bedanken. Die Frau nickte anerkennend. Franka hatte ihre Sache offenbar gut gemacht. Sie war erleichtert. Als sie sich aufrichtete, sah sie, dass Jutta von ihrem Ausflug zurück war und schnurstracks auf den Friedhof zusteuerte.

Juttas Lächeln sprach Bände. Es war sicher nicht das letzte Mal, dass sie mit Klaus-Dieter unterwegs war. Franka war gespannt, wie es mit den beiden weitergehen würde, verkniff sich aber eine Bemerkung. Auf diesem Friedhof hatten selbst die Grabsteine Ohren. Sie wartete weiterhin ungeduldig, bis endlich jemand eine der grünen Gießkannen zurückbrachte. Während sie die Blumen auf Kurts Grab goss, schlenderte Jutta neugierig durch die Reihen und kam dann wieder zu Franka zurück.

„Der Herbst scheint im Hunsrück ja eine gefährliche Jahreszeit zu sein."

„Wie kommst du denn darauf?"

„Na, wenn ich mir die Inschriften so anschaue. Mehr als die Hälfte der Leute ist im Oktober gestorben."

„Wirklich? Das ist mir noch gar nicht aufgefallen."

„Das liegt vermutlich daran, dass du normalerweise nicht auf den Friedhof gehst, oder? Wozu auch, Du hast doch hier keinen gekannt."

„Stimmt. Elsjens Mann kenne ich nur vom Hörensagen. Ein paar Namen sind mir aber wohl geläufig."

„So viele verschiedene gibt es ja auch gar nicht."

Franka wusste nicht, was Jutta mit dieser Bemerkung meinte. Erstaunt schaute sie ihre Freundin an.

„Ich meine, hier heißen doch fast alle Philipps mit Nachnamen. Schau dir doch mal die Inschriften an."

„Tatsächlich. Der Name ist hier in der Gegend wirklich ziemlich geläufig. Der tote Ewald hieß übrigens auch so."

„Hmmm." Jutta rieb sich das Kinn zwischen Daumen und Zeigefinger. Das tat sie nur dann, wenn sie intensiv nachdachte. „ Komm mal mit", forderte sie Franka schließlich auf.

Bevor Franka reagieren konnte, nahm Jutta sie schon bei der Hand und zog sie über den Friedhof. Franka versuchte, sich loszumachen. Es war ihr unangenehm, so vorgeführt zu werden. Einige Friedhofsbesucherinnen warfen den beiden schon böse Blicke zu. Aber Jutta ließ sich nicht einschüchtern und setzte ihren Weg mit Franka im Schlepptau unbeirrt fort.

Das, was Jutta ihr zeigte, war in der Tat seltsam. Den Grabinschriften nach waren in den vergangenen Jahren tatsächlich auffallend viele Menschen Ende Oktober verstorben. Noch bemerkenswerter war, dass all die Verstorbenen denselben Nachnamen hatten: nämlich Philipps. Gut, das musste nicht unbedingt etwas heißen. Sonderbar war es dennoch. Zumal die Sterbedaten genau in die Zeit fielen, in der im Dorf seit Jahren zünftig die *Mörsdorfer Wiesn* gefeiert wurde. Auch in diesem Jahr gab es sozusagen pünktlich zum Oktoberfest einen Toten: Ewald Philipps. Franka bekam eine Gänsehaut. Das konnte kein Zufall sein!

Einundzwanzig

F. Hansen bemerkte Trudels Verschwinden als Erster. Als er vor Dienstbeginn frische Brötchen für das gemeinsame Frühstück mit Ulla holen wollte, standen die Leute vor der Bäckerei Schlange. Und das nicht ohne Grund. Die Ladentür war fest verschlossen.

„Das hat es in all den Jahren noch nicht gegeben", beschwerte sich einer der Kunden, in der vordersten Reihe. Im ersten Moment war auch Hansen empört, doch seine Entrüstung wich schnell echter Besorgnis. Dass die Dorfbäckerei zu den regulären Öffnungszeiten geschlossen war, hatte er tatsächlich noch nie erlebt. Wenn Trudel den Laden am frühen Morgen nicht aufgeschlossen hatte, musste etwas Schreckliches passiert sein.

Hansen ging um das Haus herum und probierte es an der Tür zur Backstube. Doch auch die war fest verschlossen. Mit geschultem Blick nahm der Polizist den Hintereingang genauer ins Visier. Nichts deutete darauf hin, dass jemand versucht hätte, gewaltsam ins Haus einzudringen. Vielleicht hatte Trudel einfach nur verpennt. Auf sein Klopfen und Rufen erfolgte allerdings keine Reaktion. Hansen klingelte mehrmals Sturm. Auch das war erfolglos. Erst dann sah Hansen den Zettel, der aus dem Briefkasten hervorlugte.

Unter Missachtung aller Briefgeheimnisse dieser Welt fischte er das Papier aus dem Briefschlitz und faltete es auseinander. Die Worte, die er las, verschwammen vor seinen Augen. Schlagartig war ihm klar, dass etwas mit Trudel passiert sein musste. Bevor er herausfinden würde was, galt es aber, die aufgeregte Kundschaft zu beruhigen.

„Leute, geht nach Hause. Trudel hat sich eine dicke Erkältung zugezogen", log er. „Ich rufe in Mittelstrimmig an und bitte Bäcker Theisen mit seinem Backmobil vorbeizukommen, damit ihr alle eure Einkäufe erledigen könnt. Das wird aber noch etwas dauern. Geht also heim und kommt später wieder“, sagte er in einem Tonfall, der keine Widerrede duldete. Die Leute folgten prompt seiner Anweisung und gingen, wenn auch murrend, nach Hause.

Hansen war stolz auf sich selbst. Wie er diese Situation gemeistert hatte. Einfach grandios. Und dass ihm die Lüge mit der Erkältung eingefallen war: genial. Wenn er das später seiner Ulla erzählte, konnte sie zu Recht stolz auf ihn sein. Auf Hansens Gesicht erschien das breite Grinsen der Zufriedenheit.

Als die Luft rein, sprich alle potenziellen Kunden verschwunden waren, klingelte er an der Tür des Nachbarhauses. Er machte einen Schritt nach hinten, damit Franka ihn vom Fenster aus sehen konnte. Seit dem Einbruch im alten Haus war sie vorsichtiger geworden. Hansen konnte das verstehen. Und gerade jetzt ließ sein Chef seine Freundin im Stich. Dafür hatte Hansen nur wenig Verständnis. Gut, Berger hatte diesen brisanten Mordfall aufzuklären. Das ging ja inzwischen durch alle Medien. Aber hier gab es schließlich auch etwas Wichtiges zu ermitteln. War denn der Mord an Ewald weniger wert, als der an dem obdachlosen Koblenzer?

Hansen hörte, wie über ihm das Fenster aufging. Dann tauchte das Gesicht einer noch völlig verschlafenen Franka auf, die ihn entgeistert anstarrte und ziemlich unfreundlich fragte: „Hansen, was willst du denn in aller Herrgottsfrühe hier?“

Um nicht über den ganzen Dorfplatz schreien zu müssen, machte Hansen Franka mit wilden Gesten klar, dass sie herunterkommen solle.

„Was ist denn los am frühen Morgen?“, fragte sie zerknirscht, als sie Sekunden später in Schlaf-T-Shirt und Leggings vor ihm stand. Hansen hatte sie wohl tatsächlich aus dem Bett geklingelt.

Ohne ihr zu erklären, um was es ging, wurde Hansen sogleich hochoffiziell. „Wann hast du Trudel zuletzt gesehen?"

Franka war baff. „Wie Trudel gesehen. Ist sie nicht im Laden?"

„Sag schon", blaffte Hansen.

Franka überlegte. „Gestern Abend. Oder nein, warte, es war eher am späten Nachmittag. Wieso willst du das denn wissen, ist was passiert?" Frankas Stimme war laut geworden.

Hansen stupste sie mit dem Ellenbogen an.

„Aua, was ist denn los?", beschwerte sie sich weiter.

„Pssst. Brüll nicht so", zischte Hansen. „Ich muss dir was sagen. Wo können wir ungestört reden?"

Hansen benahm sich sehr geheimnisvoll. Er hakte die völlig verdutzte Franka unter und schob sie vor sich her zurück ins Haus. Als sich die Wohnungstür hinter den beiden geschlossen hatte, berichtete Hansen von Trudels Verschwinden.

„Woher weißt du, dass sie verschwunden ist? Vielleicht ist ihr nicht gut, oder sie war müde und hat sich noch mal hingelegt. Hansen, die Frau ist Bäckerin und steht jeden Tag in aller Herrgottsfrühe auf. Da darf man doch am Vormittag noch mal eine Pause einlegen."

„Nein. Das ist es nicht", zischte Hansen.

Er trat unruhig von einem Bein aufs andere, bis er endlich mit der Sprache herausrückte.

„Ich hab da was", gestand er und fingerte den Brief, den er aus Trudels Postkasten gezogen hatte, aus seiner Jackentasche.

„Was ist das?", wollte Franka wissen und griff instinktiv nach dem Zettel.

Hansen zog das Papier blitzschnell zurück. „Nicht anfassen. Möglicherweise sind noch Spuren dran“, belehrte er sie.

„Aber du hast es doch auch angefasst.“

Hansen räusperte sich. „Ähm, ja, aber dann sind nur meine und die von … ähmmm … von …“, stammelte er.

Bevor Hansen sich weitere Ausreden einfallen lassen musste, fiel Franka ihm ins Wort: „Ist ja auch egal. Dann sag mir halt, was das für ein Zettel ist. Und vor allem was draufsteht.“

„Es ist … Es ist ein Entführerschreiben“, brachte Hansen hervor.

„Ein waaas?“, schrie Franka.

Von dem Lärm in der Küche aufgewacht, stand plötzlich auch Jutta im Türrahmen. Ebenfalls im Schafanzug und mit zerzaustem Haar.

„Was ist denn hier los, streitet ihr?“, fragte sie verschlafen und rieb sich die Augen.

„Nein. Tut mir leid, dass wir dich geweckt haben“, entschuldigte Franka sich. „Aber es ist etwas passiert.“

Franka sah Hansen um Erlaubnis bittend an. Erst, als er bestätigend mit dem Kopf nickte, erzählte sie Jutta von Trudels Entführung. Es war zumindest davon auszugehen, dass Trudel entführt worden war. Denn das, was auf dem Blatt stand, war zwar merkwürdig, aber dennoch besorgniserregend.

*

Der Entführer hatte sich tatsächlich die Mühe gemacht und einzelne Buchstaben beziehungsweise Wörter aus einer Zeitung ausgeschnitten und auf einen Briefbogen geklebt.

„Das ist aus unserer Ausgabe der Rhein-Zeitung, das sehe ich doch“, empörte sich Franka.

„Und was willst du damit sagen?“, wollte Hansen wissen.

Franka überlegte kurz, bevor sie antwortete.

„Na, ich denke mal, derjenige, der dieses Schreiben verfasst hat, ist entweder Abonnent unserer Zeitung oder hat sich zumindest die Ausgabe gekauft. Da es sich um ein Regionalblatt handelt, ist es doch ziemlich wahrscheinlich, dass er aus der Gegend kommt. Was meint ihr?“

Jutta hatte sich einen Kaffee eingeschenkt und sich zu Hansen an den Küchentisch gesetzt. „Hmmm. Da könntest du recht haben“, überlegte sie.

Doch Franka war gedanklich schon einen Schritt weiter: „Was sollen wir jetzt machen? Soll ich Jan anrufen?“

„Nein, lass mal“, warf Hansen ein. „Der hat im Moment genug anderes zu tun. Das hier schaffen wir auch allein.“ Nach Bestätigung heischend schaute Hansen zuerst Franka, dann Jutta an. Die beiden Frauen waren einverstanden, den Polizeibeamten bei der Suche nach Trudel zu unterstützen. „Wenn es gefährlich wird, schalten wir Berger natürlich ein“, versprach er. „Ich will euch ja nicht in Gefahr bringen. Aber ihr müsst mir natürlich auch versprechen, dass ihr zwei keine Alleingänge macht. Jeder Schritt wird mit mir besprochen. Verstanden?“

„Verstanden“, bestätigte Jutta sofort und rieb sich beide Hände, ob der Aussicht auf ein unwiderrufliches Abenteuer.

Franka blieb skeptisch. „Wir schauen uns die Sache mal an. Aber das Ermitteln überlassen wir doch besser Profis“, schlug sie vor. Franka war nicht ganz wohl bei dem Gedanken, Jan über Trudels Verschwinden und das ominöse Schreiben in Unkenntnis zu lassen. Aber nachdem Jutta derart begeistert war, Hobbydetektivin zu spielen, wollte sie nicht als Spielverderberin dastehen. Obwohl es sich ja um alles andere als ein Spiel handelte.

Schließlich ging es um eine Entführung. Und zwar nicht um irgendeine, sondern die von Trudel Hoffmann. Eine Frau, die man getrost als Hunsrücker Original bezeichnen konnte. Franka hoffte inständig, dass alles gut ging. In Frankas Augen waren hier nämlich keine Profis, sondern vielmehr Dilettanten am Werk. Das war mitunter noch gefährlicher.

Allein die Tatsache, Buchstaben aus der Tageszeitung auszuschneiden und auf ein Stück Papier zu kleben, das war doch nicht ernst zu nehmen. Das Schreiben war wirklich nicht besonders professionell gemacht, wenn man den Ausdruck bei einem Entführerschreiben überhaupt benutzen konnte.

„Franka, bist du dabei?" Hansen unterbrach ihre Gedanken.

Franka nickte zustimmend, wenn auch etwas zögerlich. Trotz ihrer Bedenken folgte sie Hansens Aufforderung, näher zu kommen und setzte sich neben Jutta an den Küchentisch. Hansen setzte eine geheimnisvolle Miene auf und unterbreitete den beiden Frauen seinen ausgeklügelten Plan, wie er den Entführer stellen wollte.

Zweiundzwanzig

„Das ist wirklich das Verrückteste, das ich seit Langem gehört habe." Martin Friedhoff schimpfte halblaut vor sich hin und schüttelte dabei unablässig den Kopf. Er sah Franka und Hansen zu, wie sie vor seinem Haus ins Auto stiegen und davonfuhren.

Eine vollkommen irrsinnige Idee, die sich *Karla Kolumna* und *Sherlock Holmes* aus Mörsdorf da ausgedacht hatten.

Sich mit einem Entführer einzulassen, hielt Friedhoff für grob fahrlässig. Und die Polizei nicht einzuschalten, war für den Ortschef der Gipfel des Leichtsinns. In dem Fall klammerte Friedhoff Hansen als Dorfpolizisten einmal von seinem Berufsstand aus. Mit Polizei verständigen meinte er in erster Linie Polizeibeamte im höheren Dienst. Also welche, die im Ernstfall auch die Kompetenz hatten, einzugreifen.

Nicht, dass er etwas gegen Hansen gehabt hätte. Im Gegenteil: War ein feiner Kerl, der F Punkt. Aber wenn es richtig ernst wurde, vertraute der Bürgermeister doch eher auf die Fähigkeiten des Kriminalhauptkommissars aus Koblenz. Im Nachhinein war es Friedhoff ärgerlich, dass er mal wieder so einfältig war und sich von den beiden dazu hatte überreden lassen, bei der Sache auch noch unterstützend mitzuwirken. Als ob er nicht schon genug Ärger am Hals hätte. Der Mord an Ewald, demzufolge das Oktoberfest abgesagt werden musste, hatte über die Gemeindegrenzen hinweg für ganz schön viel Aufregung gesorgt.

Für Friedhoff und seinen Gemeinderat stand natürlich außer Frage, das Fest zu beenden, auch wenn es nicht für alle Festgäste selbstverständlich schien. Niemand aus dem Ort hätte unter diesen Umständen ungezwungen weiterfeiern können. Aber die Medaille hatte auch hier wieder einmal eine Kehrseite. Als Ortsvorsteher musste Friedhoff auch die Gemeindekasse im Blick behalten. Die Einnahmen von der *Mörsdorfer Wiesn* waren bereits fest im Haushalt der Gemeinde eingeplant.

Und Friedhoff hatte nicht die geringste Idee, wie er den Verlust anderweitig wettmachen sollte. Es gab Investitionen im Dorf, die unaufschiebbar waren. Die finanzielle Förderung des Mittagstischs für Senioren, der Ausbau des Kindergartens sowie die Digitalisierung der Grundschule waren wichtige Projekte für die Zukunft des Dorfes.

Aber anstatt sich Gedanken zu machen, wie er Gelder akquirieren konnte, machte er zwei Verrückten Versprechungen. Veras Zweifel an seinem geistigen Zustand waren in der Tat nicht ganz unbegründet. Ob er seine Frau davon überzeugen konnte, dass die Angelegenheit vollkommen harmlos war, wusste er noch nicht. Vermutlich würde sie ihm glauben, einfach aus dem Grund, weil sie ihm glauben wollte. Ihm selbst kamen allerdings inzwischen erhebliche Zweifel.

Sich mit einem Entführer einzulassen, war kein Kinderspiel. Er hoffte inständig, dass Franka und Hansen nicht allzu blauäugig an die Sache herangingen. Wenn er ehrlich war, wusste er nicht wirklich, worum es ging. Trudel war entführt worden. Daran glaubte er mittlerweile selbst. Er kannte die Bäckersfrau. Bevor die ihren Laden schloss, musste es schon ganz Dicke kommen.

Wenn er Hansen richtig verstanden hatte, bestand seine Aufgabe darin, Franka im Auge zu behalten. Sie war nämlich diejenige, die das Lösegeld übergeben würde. Übergabeort war die Geierlay-Brücke. Pünktlich um Mitternacht sollte Franka einen Umschlag in einem Abfallbehälter am Brückenkopf deponieren. Um welchen Betrag es sich handelte und wo die beiden das Geld her hatten, hatte Friedhoff nicht gefragt. Er war heilfroh, dass man ihn nicht auch noch darum gebeten hatte, die Summe vorzustrecken. Dass es bei der Erpressung um Geld ging, war zwar nicht ausdrücklich gesagt worden, aber Friedhoff kannte so gut wie keinen Fall, bei dem das anderes gewesen wäre. Als einzige Alternative zu Barem konnte er sich die Freipressung eines Gefangenen vorstellen. Aber der Gedanke war so irrwitzig, dass Friedhoff ihn augenblicklich aus seinem Kopf verbannte.

Wenn er Hansen und Franka richtig verstanden hatte, sollte er Franka nach der Geldübergabe zurück ins Dorf begleiten und aufpassen, dass ihr nichts passierte. „Den Rest“ wollte Hansen selbst erledigen. Mit „dem Rest“ meinte Hansen sowohl die Überführung des Täters als auch Trudels Befreiung. Hoffentlich überschätzte Hansen sich nicht. Der Dorfpolizist klang zwar ziemlich zuversichtlich, als er Friedhoff seinen Plan unterbreitete. Friedhoff hegte allerdings leise Zweifel an seinen kriminalistischen Fähigkeiten.

Er schaute auf seine Armbanduhr. Es blieb ihm noch genügend Zeit, sich selbst einen Plan B auszudenken. Nur für den Fall, dass etwas schiefging.

*

Pünktlich fünfzehn Minuten vor Mitternacht war Friedhoff am vereinbarten Treffpunkt. Der sichelförmige Mond warf ein gespenstisches Licht auf die Baumwipfel der Umgebung. Die Außentemperatur bewegte sich beängstigend nahe auf den Gefrierpunkt zu. Für die Jahreszeit war es eigentlich viel zu kalt. Friedhoff fror in seiner dünnen schwarzen Kapuzenjacke und den dunklen Jeans. Aber es war das einzige Outfit, das ihn im Dunkeln nahezu unsichtbar machte. Tatsächlich war sein Atem, der sich deutlich von der kühlen Nachtluft absetzte, das Einzige, was von ihm zu sehen war.

So lautlos wie möglich schlich Friedhoff zu seinem Versteck in der Nähe des Brückenkopfs. Er ging in die Hocke und verbarg das Gesicht hinter seinen schwarzen Handschuhen. Das war unbequem, aber in diesem Fall leider unumgänglich. Schon nach wenigen Minuten hörte er, wie sich über den geteerten Feldweg ein Fahrzeug näherte. Es war der Mini der Journalistin. Friedhoff verhielt sich weiterhin ruhig und beobachtete aus seinem Versteck heraus das weitere Geschehen.

Franka stieg aus ihrem Wagen. In der Hand hatte sie eine braune Versandtasche. Genau so, wie Friedhoff es erwartet hatte. Franka bewegte sich mit schnellen Schritten auf die vereinbarte Stelle zu, ließ das Päckchen im Müllbehälter verschwinden und ging, ohne sich noch einmal umzudrehen, zurück zum Auto. Das Ganze dauerte höchstens eine Minute. Franka hatte sich beispielhaft verhalten und bei der Ausführung der Anweisungen weder nach rechts noch nach links geschaut. Genau wie Hansen es mit Friedhoff und ihr besprochen hatte. Dass der Dorfpolizist großen Wert darauf legte, dass man sich strikt an seine Anweisungen hielt, hatte er Friedhoff deutlich spüren lassen. Der Entführer sollte sich unbeobachtet fühlen. Das leuchtete Friedhoff durchaus ein. Es diente schließlich Frankas Sicherheit, und die hatte auch für den Bürgermeister oberste Priorität.

Friedhoff horchte auf, als der Motor des Minis aufheulte. Nervös rutschte er in seinem Versteck hin und her. Er hatte Hansen in die Hand versprochen, auf Franka aufzupassen. Aber wie sollte er das tun, wenn sie dabei war, ihm davonzufahren. Friedhoff machte eine Drehung nach rechts, um sein Versteck zu verlassen, als er das Knacken von Ästen vernahm. Er hielt den Atem an und blinzelte in die Richtung aus der die Geräusche kamen.

„Psst, nicht bewegen, sonst sieht man uns“, zischte eine Stimme.

Friedhoff fuhr zusammen. Dann erkannte er Franka. „Ich dachte, du bist weggefahren“, stammelte er entschuldigend.

Franka legte ihren Zeigefinger an die Lippen und schüttelte den Kopf. „Das war Jutta“, flüsterte sie. „Falls der Entführer uns beobachtet, soll er ruhig glauben, dass die Luft rein ist.“

Franka kauerte sich neben Friedhoff auf den Waldboden, die Augen auf den Abfalleimer am Brückenkopf gerichtet.

Nichts passierte. Um sie herum war alles totenstill. Nur der Ruf eines Kauzes unterbrach gelegentlich die gespenstische Ruhe. Friedhoff ließ den Abfallbehälter nicht aus den Augen. Wenn der Entführer sich anschlich, um die Beute zu holen, würde ihm das nicht entgehen. Dann könnte Hansen zuschlagen und er selbst endlich nach Hause in sein warmes weiches Bett. „Wo ist eigentlich Hansen?“, fragte er Franka.

Doch die zuckte nur mit den Schultern. „Ich finde, der Entführer könnte langsam auftauchen. Mir wird kalt“, flüsterte sie zurück.

Als die Kirchturmuhr dreimal schlug, war immer noch kein Entführer aufgetaucht. Stattdessen war ein unkontrolliertes Niesen aus dem Gebüsch nebenan zu hören, gefolgt von lautem Schimpfen: „Mist, verdammter.“

Hansen kam aus dem Unterholz und klopfte sich den Schmutz von den Kleidern. Sein Versteck war keine zwei Meter von ihnen entfernt gewesen, aber Friedhoff hatte ihn weder gesehen noch gehört. Er war beeindruckt. Das hatte er dem Dorfpolizisten gar nicht zugetraut.

„Ihr könnt rauskommen. Wir brechen ab“, bestimmte Hansen.

„Sicher? Und was ist mit Trudel?“ Friedhoff war nicht wohl bei dem Gedanken, die Aktion erfolglos abzubrechen. Andererseits war er froh, sich endlich aus dieser misslichen Lage befreien zu können. Er war müde und er fror.

Hansen ging zu dem Abfallbehälter und fischte den Umschlag heraus. Die Versandtasche war unversehrt.

Friedhoff war erleichtert: „Wenigstens hat niemand versucht, uns hereinzulegen und sich das Geld mittels einer Drohne oder einem unterirdischen Tunnel, der vom Abfalleimer ins Tal führte, zu angeln.“

Franka grinste. Doch so abwegig wie die Journalistin fand Friedhoff den Gedankengang nicht. Schließlich hatte er ein ähnliches Vorgehen schon einmal beim Sonntagskrimi im Fernsehen gesehen. Den skeptischen Blicken von Hansen und Franka nach zu urteilen, sahen die beiden das allerdings anders. Er beschloss, den Mund zu halten und machte sich mit Franka zu Fuß auf den Weg ins Dorf. Ein wenig Bewegung tat den beiden jetzt ganz gut.

Dreiundzwanzig

Als Trudel ihr Bewusstsein wiedererlangte, war um sie herum alles schwarz. Sie wartete vergeblich darauf, dass ihre Augen sich an die Dunkelheit gewöhnten. Erst nach einer Weile wurde ihr klar, dass eine Augenbinde für diesen Zustand verantwortlich war.

Trudel konnte weder etwas sehen, noch konnte sie sich richtig bewegen. Sie hockte auf einem harten Gegenstand, ihre Hände waren auf dem Rücken zusammengebunden.

Panik stieg in ihr auf. Doch das Letzte, was sie jetzt gebrauchen konnte, war, die Nerven zu verlieren. Mit den ihr noch verbliebenen Sinnen sollte sie lieber herausfinden, was mit ihr passiert war. Trudel versuchte, sich zu erinnern, doch in ihrem Kopf herrschte gähnende Leere.

Trudel strengte sich weiter an. Irgendetwas musste ihr doch im Gedächtnis geblieben sein. Das Einzige, was ihr einfiel, war der alte Mercedes auf dem Dorfplatz, der aus irgendeinem Grund ihr Interesse geweckt hatte. Trudel wusste nicht mehr, warum sie sich das Auto genauer ansehen wollte und auch nicht, ob sie es dann auch wirklich getan hatte. Ihr fehlte einfach die Erinnerung. Das Gefühl von Panik, das sie vorhin erfolgreich unterdrückt hatte, kam zurück und wollte erneut von ihr Besitz ergreifen. Trudels Herz klopfte bis zum Hals. Sie musste aufs Klo und außerdem war ihr kalt. Sie hatte nicht die geringste Ahnung, wo sie sich befand. Trudel konnte nichts, aber wirklich gar nichts sehen. Das machte ihr Angst.

Immer wieder zwang sie sich dazu, sich zu konzentrieren. Wenn sie schon nichts sehen und im Prinzip auch nichts fühlen konnte, musste sie ganz genau darauf achten, was sie hören oder riechen konnte.

Trudel befand sich in Sitzposition. So viel war klar. Sie saß auf einem ziemlich unbequemen Gegenstand. Möglicherweise ein Stuhl, eher eine Holzbank. Eine von der Sorte, auf der einem nach wenigen Stunden derart der Hintern einschlief, dass man später nicht mehr aufrecht stehen konnte. Ans Aufstehen war aber ohnehin nicht zu denken. Die Tatsache, dass ihre Hände nicht nur auf ihrem Rücken festgebunden waren, sondern auch an einem weiteren Gegenstand, hinderten sie daran.

Trudel sortierte ihre Gedanken. Offensichtlich hatte man sie entführt. Wäre die Lage nicht so ernst, hätte sie laut schallend darüber gelacht. Sie und entführt! Wozu? Bei ihr gab es ja nun wirklich nichts zu holen. Außer vielleicht die Tageseinnahmen aus der Bäckerei. Aber dafür hätte ein einfacher Überfall oder ein kleiner Einbruch genügt. Wer ging denn das Risiko einer Entführung ein? Das war schon irre.

Die Panik, die sich vorhin in ihr breit machen wollte, wich einem anderen Gefühl: blanker Wut. Was um alles in der Welt hatte das hier zu bedeuten? Trudel verstand die Welt nicht mehr.

Aber sie hatte ja genügend Zeit, sich Gedanken darüber zu machen, wer ihr so etwas antun könnte. Eine ganze Weile glaubte sie an einen makabren Scherz. Versteckte Kamera oder so ähnlich. Sie versuchte, auf ihrer unbequemen Sitzgelegenheit eine möglichst gute Figur zu machen, falls man gerade dabei war, sie zu filmen. Aber als nichts passierte, kamen Trudel Zweifel an der Version mit dem Spaß.

Ihrem Gehör nach zu urteilen – und darauf konnte sie sich im Allgemeinen verlassen – war sie mutterseelenallein in ihrem Gefängnis.

Wie befürchtet war Trudels Hintern eingeschlafen. Die Taubheit, verbunden mit einem unangenehmen Kribbeln, machte sie nervös. Dazu kam, dass ihre Hände sich wie abgestorben anfühlten, die Fesseln in ihre Handgelenke schnitten und sie gleichzeitig fror. Aber das war nicht das Schlimmste. Vielmehr beängstigte sie die Tatsache, dass sie nichts zu essen hatte. Trudel hatte Hunger. Sie wusste nicht, wann sie das letzte Mal etwas zu sich genommen hatte. Dem Knurren ihres Magens nach zu urteilen, musste es sehr lange her sein. Trudel wurde unruhig. Wie viel Zeit war vergangen seit ihrer Entführung? Eine Stunde, mehrere Tage? Trudel wusste es nicht.

Ihr anfänglich starker Wille, die Situation mutig und erhobenen Hauptes zu meistern, wich nach und nach purer Verzweiflung. Sie würde klein beigeben. Egal, was man von ihr verlangte. „Bitte, bitte lass mich hier raus“, flehte sie. Aber niemand hörte sie. Sie saß allein in ihrem Gefängnis irgendwo auf dieser Welt.

*

Die ständige Dunkelheit um sie herum ermüdete Trudel. Ihr Körper schmerzte und hinderte sie daran, einzuschlafen. Gelegentlich nickte sie kurz ein, erwachte aber spätestens dann, wenn ihr Kopf auf ihre Brust fiel. Die sonst so quirlige Trudel war der Verzweiflung nahe.

Ein ungewöhnliches Geräusch schreckte sie plötzlich auf. Trudel war sofort in Habachtstellung. Sie hielt die Luft an.

Ob der Entführer zu ihr ins Versteck kam? Was würde er tun? Hatte sie körperliche Misshandlungen zu befürchten? Trudels Gedanken fuhren Achterbahn. Angst stieg in ihr auf.

Trudel verhielt sich mucksmäuschenstill und versuchte, so wenig zu atmen, wie es eben möglich war. Sie spitzte die Ohren. Zuerst war ein Knarren zu hören. Dann Schritte, die auf sie zukamen.

Bald spürte sie, dass jemand ganz dicht vor ihr stand. Sie konnte die Person förmlich riechen.

„Hallo", begann sie zaghaft. „Tun Sie mir nichts. Bitte. Ich mache alles, was sie wollen, aber lassen Sie mich frei. Hören Sie?"

Hatte sie gerade gesagt, sie mache alles, was der Entführer wolle? War sie komplett irre geworden? Was, wenn er sie zu perversen sexuellen Handlungen zwingen würde? Da wollte Trudel auf keinen Fall mitmachen. Sie hielt wieder die Luft an und horchte angespannt auf alle Geräusche um sie herum. Der Entführer zeigte keine Reaktion. Im Raum blieb es genau so still wie vorher. Dann vernahm Trudel ein leises Zischen. Das Geräusch, das beim Öffnen einer Flasche mit kohlensäurehaltigen Getränken entstand, erkannte sie auch mit verbundenen Augen. Sie hatte Durst und gierte danach, etwas zu trinken zu bekommen. Kurz darauf spürte sie, wie der Entführer ihr das Getränk an den Mund hielt. Nach wenigen Schlucken wurde die Flasche zurückgezogen. Es folgte das Rascheln von Papier. Trotz der angespannten Situation war Trudel erstaunt, wie viele Dinge sie mit verbundenen Augen wahrnehmen und richtig zuordnen konnte. Auf ihre Sinne war also noch Verlass.

Der Geruch von frisch gebackenem Brot stieg ihr in die Nase. Trudel biss hungrig ab und erkannte schon beim ersten Bissen den Geschmack ihres ihres eigenen, selbst hergestellten Bauernbrots. Die Stulle war mit Hausmacher Leberwurst belegt. Garniert mit einer Gewürzgurke und einem Klecks süßem Senf. In ihrem Laden verkaufte sie solche belegten Brote als *Stulle für hungrige Wanderer*. Möglicherweise hatte sie die Henkersmahlzeit, die der Entführer ihr reichte, selbst zubereitet. Über Trudels Wangen kullerten dicke Tränen.

Der Entführer hielt ihr den Imbiss erneut hin. Doch Trudel konnte kein zweites Mal zubeißen. Ein dicker Kloß in ihrem Hals hinderte sie daran. Trudel schluckte heftig und rang nach Luft. Dann hörte sie, wie die Schritte sich wieder entfernten. Es folgte das Knarren der Tür. Für einen kurzen Moment drang Stimmengewirr von draußen in den Raum. Es hörte sich an, als stünden zahlreiche Leute auf einer Gartenparty zusammen. Dann war alles wieder still.

Waren draußen vor ihrem Gefängnis etwa unbeteiligte Menschen, die nicht ahnten, dass ganz in ihrer Nähe jemand gefangen gehalten wurde? Oder hatte der Entführer mehrere Komplizen, die sie nach und nach aufsuchten. Und zwar nicht, um ihr zu essen und zu trinken zu geben, sondern um sie zu foltern und zu quälen. Was wollten diese Leute von ihr? Die Ungewissheit machte ihr Angst.

Trudel begann zu zittern. Einerseits aus Furcht, andererseits vor Kälte. Wenn man sie hier nicht verhungern ließ, dann würde sie vermutlich demnächst erfrieren.

Vor Erschöpfung und Aufregung fiel Trudel in eine Art Halbschlaf. Ein plötzlicher Gedanke riss sie jäh aus ihrem Dämmerzustand. Das Butterbrot! Es war aus ihrem Laden. Der Entführer hatte es also bei ihr gekauft. Trudels Herz fing an zu pochen. Fieberhaft überlegte sie, wer in letzter Zeit eine solche Schnitte bei ihr gekauft hatte. Sie erinnerte sich an ein älteres Paar, das sich vor der Entführung in ihrer Bäckerei mit Verpflegung eingedeckt hatte. Aber auch eine mehrköpfige Wandergruppe hatte ordentlich Proviant eingekauft. Und die vielen Gäste, die wegen des Oktoberfestes gekommen waren … Trudels anfänglicher Mut sank. Es war zwecklos. Unmöglich, dass sie all die belegten Brote, die bei ihr über die Theke gegangen waren, im Nachhinein einzelnen Personen zuordnen konnte. Verzweifelt ließ Trudel den Kopf auf ihre Brust sinken. Sie konnte nichts anderes tun, als abzuwarten und nachzudenken. Sie dachte an die Bäckerei, an ihre Kunden, die jetzt keine frischen Brötchen bei ihr kaufen konnten, und die Waren in der Auslage, die langsam vergammelten. Was für eine Schande.

Plötzlich kam ihr ein ganz anderer Gedanke in den Sinn. Der fremde Mann im Laden, der ihr so bekannt vorgekommen war, hatte definitiv ein belegtes Brot bei ihr gekauft. Auf einmal wusste Trudel auch, woher sie den Mann kannte. Wie Schuppen fiel es ihr von den Augen. Na klar! Dass sie da nicht früher draufgekommen war.

Vierundzwanzig

„Ihr habt waaas? Das gibt es doch nicht.“ Hauptkommissar Jan Berger war außer sich. Eigentlich wollte er lediglich seine Verlobte anrufen, um sich nach ihrem werten Befinden zu erkundigen und sich gleichzeitig dafür entschuldigen, dass er wegen des Friedhofsmords so wenig Zeit mit ihr verbringen konnte. Aber was Franka ihm da erzählte, haute ihn buchstäblich aus den Socken.

Berger war sauer und gleichzeitig tief enttäuscht. Dass Hansen sich im Alleingang probte, um sich zu profilieren, konnte er ja noch nachvollziehen. Aber dass seine Verlobte so wenig Vertrauen zu ihm hatte, und ihn in so einer brisanten Angelegenheit nicht informierte, betrübte ihn schon.

Konnte er seine Leute im Hunsrück denn wirklich keinen Tag allein lassen, ohne dass sie Blödsinn machten? Es war nicht zu fassen. Er war heilfroh, dass die Sache glimpflich ausgegangen war. Die beiden hatten mal wieder mehr Glück als Verstand. Nicht auszudenken, was passiert wäre, wenn der Entführer tatsächlich aufgetaucht wäre. Möglicherweise auch noch bewaffnet …

Berger schüttelte sich. Die Angst, dass Franka etwas zustoßen könnte, saß ihm in den Knochen seit man sie damals betäubt und verschleppt hatte. Gottlob war er ihr rechtzeitig zu Hilfe gekommen. Aber noch einmal wollte er eine solche Situation nicht erleben.

Der Gedanke daran, dass die redselige Bäckersfrau nun dasselbe durchmachte wie Franka damals, ließ ihm keine Ruhe.

„Ich glaube, es wird höchste Zeit, dass ich bei euch mal wieder nach dem Rechten sehe. Was hältst du davon, wenn ich heute Abend kurz vorbeikomme? Wir könnten bei Leo und Pierre was essen."

„Sehr gute Idee. Jutta wird sich freuen, dich endlich persönlich kennenzulernen. Am besten wir treffen uns gleich da. Wenn du im Dorf gesehen wirst, hast du vermutlich keine ruhige Minute."

„In Ordnung. Dann um neunzehn Uhr im alten Bahnhof", bestätigte Jan.

Mit einem Lächeln auf den Lippen beendete er das Gespräch. Er freute sich darauf, Franka wiederzusehen. In den vergangenen Wochen hatte er wirklich viel zu wenig Zeit mit seiner Verlobten verbracht. Sich mit ihr und ihrer Freundin im *LaGare* zu treffen war zudem eine gute Idee.

Die anstrengende Ermittlungsarbeit ließ ihm keine Zeit, um sich etwas Vernünftiges zu kochen. Dabei legte Kriminalhauptkommissar Jan Berger großen Wert auf eine ausgewogene und gesunde Ernährung.

*

Es war kaum zu glauben, was in diesem Dorf alles passierte. Schon wieder ein Todesfall mit ungeklärter Ursache. Und auch schon wieder eine Vermisste. Kehrte denn in diesem Dorf niemals Ruhe ein? Wenn er Frankas Vermutungen Glauben schenkte, war der Mord an Ewald Philipps in dieser Familie längst nicht der einzige Todesfall mit ungeklärter Ursache. Jan Berger befand sich in Habachtstellung.

Im Fall des ermordeten Obdachlosen am Hauptfriedhof war seine SoKo noch keinen Schritt weitergekommen. Selbst wenn er wollte, könnte er seine Leute unter keinen Umständen länger allein lassen, und sich um einen weiteren Mord im Hunsrück kümmern.

Unter seiner Federführung konnten Franka und Hansen das auch alleine bewältigen. Allerdings lag die Betonung auf „seiner Federführung“. Solch ein Alleingang, wie bei der geplatzten Geldübergabe, durfte natürlich nicht noch einmal vorkommen. Er zählte dabei auf Frankas Loyalität.

Kombinationsgabe, detektivischer Spürsinn und die angeborene Neugier seiner Freundin waren die besten Voraussetzungen für erfolgreiche Ermittlungsarbeit und ebenso wichtig wie eine fundierte Ausbildung im Polizeidienst. Leider fehlte es so manchem Kollegen an diesen natürlichen Talenten. In seinen Augen hätte Franka das Zeug zu einer guten Polizistin. Das würde er ihr gegenüber natürlich niemals zugeben. Ihm war es schon lieber, wenn sie bei ihrer

Arbeit als Reporterin blieb und über Kriminalfälle berichtete, anstatt sie aufzudecken.

Berger schmunzelte. Mutig war es ja schon, was Franka und Hansen da vorgehabt hatten. Wenn auch unverantwortlich. Keine Frage. Berger war stolz auf seine zukünftige Ehefrau. Dabei fiel ihm ein, dass ihre Hochzeitspläne derzeit auch irgendwie auf Eis lagen. Das sollte er dringend ändern. Es konnte nicht sein, dass die Arbeit wieder einmal sein Privatleben ruinierte. Er hatte schon eine Scheidung hinter sich. Ein zweites Mal sollte ihm nicht der gleiche Fehler unterlaufen.

Sobald der Fall in Koblenz gelöst war, würde er sich um eine geeignete Lokalität für die Hochzeitsfeier kümmern. An der Mosel gab es eine Klosterruine, die sich hervorragend eignete. Aber natürlich wäre auch das *LaGare*, das Restaurant im Alten Bahnhof, das Leo und Pierre betrieben, eine tolle Location. Sicher würde Franka das Restaurant ihrer Freunde jedem anderen Ort auf der Welt vorziehen. Dass die beiden Männer das Catering übernehmen würden, war ohnehin sonnenklar, auch wenn man noch nicht direkt darüber gesprochen hatte.

Apropos gesprochen. Wenn Jan es sich genau überlegte, hatte er auf seinen Antrag von Franka noch nicht wirklich eine Antwort bekommen. Leise Zweifel stiegen in ihm auf, ob sie ihn überhaupt heiraten wollte. Das Leben mit einem Kriminalkommissar war kein Zuckerschlecken, das war ihm schon klar. Aber wenn jemand damit umgehen konnte, dann doch Franka. Sie war selbstständig, emanzipiert, hatte Humor und war sozial gut vernetzt. Er wusste, dass sie gern auch mal allein war und es ihr nichts ausmachte, wenn er nicht ständig neben ihr hockte und mit ihr Händchen hielt. Im Gegenteil.

Manchmal dachte er, dass sie froh war, wenn er Tag und Nacht an einem Fall arbeitete, und nicht ständig um sie herumscharwenzelte. Eigentlich hatten sie die besten Voraussetzungen für eine dauerhafte Partnerschaft. Ob es bis zum Lebensende gut ging, wusste man eh erst hinterher.

*

Berger konnte mit Fug und Recht behaupten, ein guter Kriminalist zu sein. Nicht zuletzt wurde diese These auch dadurch bestätigt, dass er es in seinem Alter bereits zum Kriminalhauptkommissar gebracht hatte. Wenn er sich in einen Fall verbissen hatte, ließ er erst locker, wenn brauchbare Ergebnisse vorlagen. Im Fall des ermordeten Obdachlosen gab es leider weder Indizien noch andere Hinweise, die zur Aufklärung beitrugen.

Er war noch keinen Schritt vorangekommen. Obschon er sich seit Wochen Tag und Nacht mit dem Fall beschäftigte und deshalb sogar seine Verlobte vernachlässigte. Berger bedauerte diesen Zustand. Aber es war ein ungewöhnlich brutales Verbrechen, was da auf dem Hauptfriedhof der Stadt, in der Rhein und Mosel aufeinandertreffen, geschehen war.

Und es erforderte einen ungewöhnlich hohen Einsatz. Nicht nur von ihm, sondern von seinem gesamten Team. Er wurde in Koblenz gebraucht, das stand fest. Der Mörder musste schnell gefunden und hart bestraft werden. Zum einen, um ein Exempel zu statuieren und zudem, um potenziellen Nachahmern von vornehinein den Wind aus den Segeln zu nehmen. Berger sah keine Möglichkeit, sich offiziell um den Fall in Mörsdorf zu kümmern. Es sei denn, er würde aus privaten Gründen in den Hunsrück fahren und dabei wie zufällig kurz in der Dienststelle vorbeischauen. Es konnte nicht schaden, wenn er dort mal nach dem Rechten sah.

Fünfundzwanzig

Willi hatte nicht die geringste Idee, wie er aus dieser verzwickten Situation herauskommen sollte. Vielleicht hätte er doch darauf bestehen sollen, einen Anwalt anzurufen. Aber bei dem Verhör mit dem Dorfpolizisten hatte er keine Notwendigkeit gesehen, sich juristischen Beistand zu holen. Schließlich war er unschuldig.

Wie ernst seine Lage wirklich war, wurde ihm erst jetzt bewusst. Seit Stunden saß er auf einem klapprigen Feldbett, das man notdürftig für ihn hergerichtet hatte. Nicht mal eine vernünftige Zudecke stellte man ihm zur Verfügung. Er wurde behandelt wie ein Schwerverbrecher. Dabei gab es keinerlei Beweise dafür, dass er am Steuer seines Autos gesessen hatte. Daran würde er sich doch erinnern. Man fuhr doch keinen Menschen an und wusste hinterher nichts mehr davon.

In der Zelle der Simmerner Polizeiinspektion hatte er ausreichend Gelegenheit, die Tatnacht noch einmal Revue passieren zu lassen. Sein anfänglicher Blackout schien sich langsam aufzulösen. Nach und nach kehrte die Erinnerung zurück. Je mehr Stunden er in diesem Loch zubrachte, desto deutlicher wurden die Bilder in seinem Kopf. Diese Zelle als Loch zu bezeichnen, war gelinde gesagt noch vornehm ausgedrückt. Aus lauter Angst, dass die Gefangenen ausbrechen würden, hatte man auf ein Fenster in der Außenwand verzichtet. Lediglich ein Oberlicht zum Flur sorgte dafür, dass es in dem Raum nicht komplett dunkel war. Menschenunwürdig war dieser Zustand.

Es war genau so, wie man es sich vorstellte. An der einen Wand das Bett, gegenüber Klo und Waschgelegenheit, Tisch und Stuhl. Einen Schrank gab es nicht. Längere Aufenthalte waren vermutlich nicht vorgesehen. Willi fragte sich, ob vor ihm je ein Verdächtiger hier eingesperrt war. Er konnte es sich fast nicht vorstellen. Je mehr Zeit er in der Zelle verbrachte, desto düsterer wurden seine Gedanken. Allerdings erinnerte er sich wieder daran, Ewald im Festzelt begegnet zu sein. Die beiden hatten ein paar Bier zusammen getrunken und geredet. Was, wusste Willi nicht mehr so genau. Es war nichts von Belang.

Was man eben auf einem Dorffest so redet, wenn man entsprechend alkoholisiert ist. Irgendwann kam Ewald wieder mit Hannah um die Ecke. Also bildlich gesprochen. Von dem Moment an wusste Willi, dass er sich besser nicht mit ihm eingelassen hätte. Aber da war es ja schon zu spät.

Hannah! Vor Willis geistigem Auge tauchte das Bild einer wunderschönen jungen Frau auf. Ja, hübsch war sie, die Hannah. Aber auch durchtrieben. Dass sie schon im zarten Alter von siebzehn Jahren sterben musste, war mehr als bedauerlich. Wenn auch vorhersehbar. Es war eben auch damals schon nicht ungefährlich, zu wildfremden Menschen ins Auto zu steigen. Und wenn man dann auch noch an einen notorischen Raser geriet, der sich damit brüsten wollte, wie rasant er mit seinem Wagen umgehen konnte …

Bis heute war das Holzkreuz mit ihrem Namen an der Landstraße nach Kastellaun zu sehen. Im Vorbeifahren war Willi häufig aufgefallen, dass jemand Kerzen und frische Blumen hinstellte. Ja, es war ein Trauerspiel damals. Doch das alles lag lange, sehr lange zurück. Willi seufzte. Man musste auch vergessen können. Ewald hatte das wohl nicht geschafft.

Willi stand von seinem Behelfsbett auf und ging mehrmals bis zur gegenüberliegenden Wand und wieder zurück. Dabei kam er sich vor wie ein Tiger im Zoo. Nur, dass es hier glücklicherweise keine Leute gab, die ihn begafften. Das hätte ihm noch gefehlt. Seine Situation war schlimm genug.

Willi fürchtete sich vor der Zukunft. Was, wenn es keinen Beweis für seine Unschuld gab und man ihn einsperrte?

Für vorsätzlichen Mord würde er lebenslänglich einsitzen. Das waren Minimum fünfzehn Jahre. Eine lange Zeit. Und nach seiner Entlassung würde er in seinem Heimatdorf keinen Fuß mehr auf den Boden kriegen. Er wusste, wie die Leute waren. Direkt ins Gesicht sagen würde es ihm niemand. Aber hintenherum tuscheln, das würden alle. Seinen Job als Fahrer konnte er zudem knicken.

Sein Ruf war ruiniert. Ach was, sein ganzes Leben war zerstört, ganz gleich wie die Sache hier ausging.

Willi war mit seinen Nerven am Ende. Wütend schlug er mit der Faust gegen die Wand. Er traf genau ins Schwarze. Der kleine Spiegel, der über dem Waschtisch angebracht war, zerbarst. Ein paar Scherben fielen direkt vor ihm in das Emaillebecken. Er griff nach einem Spiegelstück und drehte das glänzende Teil eine Weile vor seinen Augen hin und her. Dann presste er es kurzentschlossen gegen sein Handgelenk und setzte einen ganz präzisen Längsschnitt.

Sechsundzwanzig

Trudel wusste endlich, woher sie den seltsamen Fremden aus der Bäckerei kannte oder vielmehr zu kennen glaubte. Möglicherweise war sie ihm tatsächlich vorher noch nie begegnet. Aber er erinnerte sie an jemanden, da war sie sich inzwischen ziemlich sicher. Agnes, Ewalds jüngere Schwester, glich dem Fremden wie aus dem Gesicht geschnitten.

Mit Ewald hatte Agnes wenig Ähnlichkeit. Rein optisch gesehen kam der Sohn eher nach seiner Mutter Cilli. Agnes dagegen war sozusagen das weibliche Ebenbild ihres

Vaters, Toni Philipps. Wenn Trudel es sich recht überlegte, war die Ähnlichkeit zwischen Agnes und dem Fremden wirklich außergewöhnlich verblüffend.

Was wollte der Fremde im Dorf? War er wirklich nur wegen des Oktoberfestes gekommen oder hatte sein Auftauchen noch andere Gründe? Vielleicht war er derjenige, der sie entführt hatte. Ob der alte Mercedes auf dem Dorfplatz ihm gehörte? Möglicherweise hatte Trudel in dem Wagen etwas gesehen, dass sie nicht hätte sehen sollen. Sie versuchte, sich krampfhaft daran zu erinnern. Aber es blieb bei dem leeren Fleck in ihrem Kopf.

*

Trudel hatte inzwischen jegliches Zeitgefühl verloren. Sie wusste nicht, ob sie erst ein paar Stunden in Gefangenschaft war oder bereits mehrere Tage. Gegen Letzteres sprach die Tatsache, dass der Entführer sie erst einmal mit Lebensmitteln versorgt hatte. Für mehrere Tage hätte Trudel das bisschen Essen nie und nimmer gereicht. Da wäre sie längst dehydriert und zusammengebrochen.

Bevor sie vollends durchdrehte, musste sie etwas unternehmen. Aber was? Trudels Gedanken fuhren Achterbahn. Als das Knarren der Tür wieder zu hören war, zwang Trudel sich zur Ruhe. Obwohl ihr Herz raste wie ein Formel-Eins-Rennfahrer auf dem Nürburgring. Sie musste sich jetzt ganz genau auf ihre Umgebung und den Entführer konzentrieren. Welche Geräusche machte er? Wonach roch er? Vielleicht erkannte sie etwas wieder, das auf seine Identität schließen ließ.

Wie beim letzten Mal kamen die Schritte langsam, fast vorsichtig, auf sie zu. Trudel konnte deutlich das Klacken hören, das entsteht, wenn Schuhsohlen auf den Boden treffen. Vermutlich trug der Entführer Schuhe mit Ledersohlen. Das war doch schon einmal etwas, auch wenn sie das im Moment nicht weiterbrachte. Trudel konzentrierte sich weiterhin auf den Entführer. Aber es war gar nicht so einfach, eine Auffälligkeit auszumachen.

Der Kerl verhielt sich wirklich sehr dezent. Seine Bewegungen waren geschmeidig. Viel zu leise, als dass man daran hätte etwas ablesen können. Gesprochen wurde auch diesmal wieder nichts. Aber als der Entführer sich zu Trudel herunterbeugte, um ihr etwas zu trinken zu geben, konnte sie ganz deutlich sein Parfüm riechen. Der Duft kam ihr bekannt vor. In Trudel keimte ein Verdacht. Plötzlich dämmerte ihr, wer sie entführt haben konnte. Und möglicherweise ahnte sie auch, warum. Der Fremde aus der Bäckerei war es jedenfalls nicht.

*

Wenn Trudel etwas bewirken wollte, musste sie reagieren, bevor die Person sich wieder entfernte und Trudel allein in ihrem Gefängnis zurückließ. Trudel nahm all ihren Mut zusammen und sagte: „Was wollen Sie eigentlich von mir?“

Ihr Tonfall war viel forscher als geplant. Trudel erschrak ein wenig über sich selbst. Andererseits hatte sie wenig zu verlieren. Zumindest, wenn sich ihr Verdacht in Bezug auf den Entführer bestätigte.

Wie erwartet blieb der Kidnapper Trudel die Antwort schuldig. Er schwieg weiterhin beharrlich. Trudel riss der Geduldsfaden. Sie hatte keine Lust, für nichts und wieder nichts irgendwo gefangen gehalten zu werden. Schon gar nicht, ohne zu wissen, was man eigentlich von ihr wollte.

Aber Trudels Plan, den Entführer aus der Reserve zu locken, ging nicht auf. Er verließ den Raum, ohne auf ihre Frage zu reagieren. Trudel hörte, wie die Schritte sich wieder von ihr entfernten. Bevor die Tür ins Schloss fiel, drang wieder das altbekannte Stimmengewirr zu Trudel vor. Sie vermutete, dass sie nicht weit weg von einem Ort oder zumindest einer Lokalität gefangen gehalten wurde, an der sich viele Menschen tummelten. Den Stimmen nach zu urteilen fand da draußen direkt vor ihrem Gefängnis gerade eine Gartenparty statt. Wenn sie laut genug brüllte, musste man sie doch hören. Trudel wartete eine ganze Weile, um sicher zu sein, dass der Entführer außer Hörweite war. Dann fing sie an zu schreien. So laut sie konnte brüllte sie: „Hiiilfe. Holt mich hier raus."

Trudel schrie so lange, bis ihr der Hals wehtat und ihre Stimme versagte. Dann wartete sie, ob ihr jemand zu Hilfe kam. Aber es passierte nichts. So sehr Trudel auch die Ohren spitzte, es blieb genauso still wie vorher.

*

Trudel war enttäuscht. Von der Anstrengung war sie ganz erschöpft. Ihre Handgelenke schmerzten. Von der permanenten Drehbewegung, mit der sie sich eigentlich befreien wollte, hatte sie sich die ganze Haut wund gerieben. Es musste ihr doch gelingen, sich von den Fesseln zu befreien. Nur dann hatte sie eine realistische Chance, aus ihrem Gefängnis auszubrechen. Bis der Entführer wiederkam, würde sicher einige Zeit vergehen. Zeit, die sie für sich nutzen musste.

Während sie weiter versuchte, sich zu befreien, ließ sie ihren Gedanken freien Lauf. Es gelang ihr, die eigene Entführung zu verdrängen. Vielmehr rief sie sich längst vergangene Zeiten in Erinnerung, in denen sie noch jung war. Sie und Ewald waren damals einander sehr vertraut. Nicht wie ein klassisches Liebespaar, sondern mehr so, wie beste Freunde es sind. Jeder erzählte dem anderen von seinen Sorgen und Ängsten. Unwillkürlich fiel Trudel eine Geschichte ein, die Ewald ihr seinerzeit erzählt hatte.

Als Kind hatte er einmal einen Streit zwischen den Eltern belauscht. Es musste etwas mit dem Krieg zu tun gehabt haben. Ewald hatte damals nicht genau verstanden, um was es ging. Aber je länger Trudel darüber nachdachte, desto klarer fügte sich vor ihrem geistigen Auge alles zusammen. Ihr lief ein kalter Schauer über den Rücken. Wenn das, was sie jetzt dachte, der Wahrheit entsprach, hatte es jemand auf Ewalds ganze Familie abgesehen. Seine Eltern lebten schon lange nicht mehr. Und auch die meisten Geschwister waren bereits verstorben. Die Einzige noch lebende Verwandte war Ewalds Schwester Agnes. Bei Trudel schrillten die Alarmglocken.

Siebenundzwanzig

„Ach muss Liebe schön sein", flachste Franka, als sie Jutta zum dritten Mal in dieser Woche verabschiedete. Klaus-Dieter war wirklich wild entschlossen, Jutta alle Vorzüge der gesamten Region um Eifel, Mosel und Hunsrück innerhalb weniger Tage näherzubringen. „Man könnte fast meinen, er will dir die Gegend so schmackhaft machen, damit du gar nicht mehr hier weg willst."

Jutta sah Franka erschrocken an. „Meinst du echt?"

Franka lachte. „Nein. Ich habe nur Spaß gemacht. Ich freue mich aber für dich. Ihr beiden scheint ja wirklich gut zueinander zu passen."

Franka gab Jutta einen Schubs. „Jetzt lass ihn halt nicht so lange warten. Wir sehen uns heute Abend. Vergiss nicht, dass wir mit Jan im *LaGare* verabredet sind. Er brennt darauf, dich endlich einmal kennenzulernen."

Während Jutta zu Klaus-Dieter ins Auto stieg, entfuhr Franka ein künstlicher Seufzer. „Was hat sie nur, dass die Männer so verrückt nach ihr sind?"

Jutta drehte sich nach der Freundin um und zeigte ihr einen Vogel. Dann brauste sie mit Klaus-Dieter davon. Was die beiden eigentlich vorhatten, hatte Franka gar nicht gefragt. Vermutlich war aber mit einem detaillierten Bericht beim Abendessen zu rechnen.

Franka freute sich auf den Abend. Sie vermisste Jan. Das gemeinsame Essen im *LaGare* kam da gerade recht.

Möglicherweise konnte man dort sogar Privates und Geschäftliches miteinander verbinden. Vielleicht war Pierre und Leo beim Oktoberfest etwas Ungewöhnliches aufgefallen, das sie im Mordfall Ewald weiterbringen würde. Von Willis Schuld war Franka nämlich immer noch nicht überzeugt.

Noch mehr als die Aufklärung des Mordfalls brannte ihr allerdings Trudels Entführung auf der Seele. Die geplante Übergabe war geplatzt, obwohl Franka und Hansen sich genau an die Anweisungen auf dem Schreiben gehalten und alle Forderungen erfüllt hatten. Zumindest augenscheinlich. Ob der Entführer sie beobachtet hatte? Wenn ihm aufgefallen war, dass sie zu dritt auf der Lauer lagen, um genau in dem Moment, in dem er das Paket aus dem Abfalleimer fischte, zuzuschlagen? Franka hoffte inständig, dass sie Trudel damit nicht geschadet hatten.

Sie hatte keinen blassen Schimmer, wie es jetzt weitergehen sollte. Sie musste dringend mit Hansen sprechen. Schließlich war er der diensthabende Polizeibeamte vor Ort. Bei der Gelegenheit konnte sie ihm auch gleich gestehen, dass sie Jan bereits über die missglückte Aktion informiert hatte. Franka hielt es für denkbar, dass Jan vor dem gemeinsamen Abendessen noch in der Polizei-Dienststelle nach dem Rechten sah. Auch das sollte Hansen wissen.

*

Wie selbstverständlich betrat Franka das Dienstgebäude der Polizei. Schließlich hatte ihr Verlobter hier auch sein Büro, wenn er sich in Simmern aufhielt. In letzter Zeit war das aber leider viel zu selten der Fall.

Unaufgefordert ließ Franka sich auf den Bürostuhl gegenüber von Hansens Schreibtisch plumpsen. Drehstühle übten von jeher eine unglaubliche Faszination auf sie aus. Kaum dass sie saß, begann sie auch schon, sich im Halbkreis zu drehen. Erst nach rechts, dann nach links und wieder von vorn.

„Lass das, du machst mich ganz nervös“, fuhr Hansen sie an.

„Sorry. Ich wusste nicht, dass du so empfindlich bist. Aber ich kann mich so besser konzentrieren.“

„Worauf genau willst du dich konzentrieren?“, blaffte Hansen.

„Na, auf die Aufklärung der Verbrechen. Ich dachte, du könntest ein wenig Unterstützung gebrauchen.“

Hansen verzog das Gesicht zu einer Grimasse. „Wenn du meinst“, murmelte er.

Es klang wenig freundlich, doch Franka wusste, dass Hansen insgeheim froh war, wenn er mit ihr über seine Ermittlungen diskutieren konnte. Das Problem war leider nur, dass es noch nicht so wahnsinnig viele Ergebnisse gab, über die man hätte diskutieren können.

Fakt war, dass es inzwischen nicht nur einen Mord, sondern auch einen Entführungsfall gab.

„Was passiert eigentlich, wenn der Entführer sich nach der geplatzten Übergabe nicht mehr meldet?“ Franka wurde bei dem Gedanken ganz übel. Vielleicht würde sie Trudel nie mehr wiedersehen. Das Gedankenkarussell in ihrem Kopf zog weiter große Kreise. „Das alles ist doch mehr als seltsam, findest du nicht? Allein die Tatsache, was der Entführer anstelle von Bargeld verlangte. Wer um alles in der Welt tut so etwas? Und vor allem warum?“

„Ich habe keine Ahnung. Aber was viel schlimmer ist: Wir können momentan wirklich nichts tun, Franka.“

„Wir müssen sie doch suchen. Vielleicht ist Trudel ja ganz in der Nähe und wartet auf unsere Hilfe.“

„Wir haben aber weder einen Anhaltspunkt, wo Trudel sich aufhält, noch gibt es ein erkennbares Motiv, das uns irgendwie leiten könnte.“

Hansen wusste also auch nicht, wie es weitergehen sollte. Er war mindestens so verzweifelt wie sie selbst. Und wenn er als Polizeibeamter schon keine Idee hatte, was sollte ihr als Journalistin denn da einfallen?

Infolge ihrer Unfähigkeit schwiegen Franka und Hansen sich eine ganze Weile einfach an. Sie waren allein auf der Wache. Frau Pies, die Sekretärin, die sich immer um die anfallende Büroarbeit kümmerte, arbeitete in Teilzeit und hatte heute ihren freien Tag.

Unter Hansens wachsamen Blicken drehte Franka weiter ihre Runden auf dem Bürostuhl.

„Also. Wir haben einen Mord und eine Entführung“, resümierte sie nach einer Weile.

„Ach, was?“

Franka ignorierte Hansens spitze Bemerkung und dachte weiter laut nach. „Glaubst du, dass die beiden Fälle etwas miteinander zu tun haben? Und wenn ja, würde das die Vorgehensweise beim Ermitteln verändern?"

Hansen sah Franka verblüfft an und schüttelte dann den Kopf. „Keine Ahnung. Wir machen unsere Arbeit wie immer. Das ist doch egal, ob das eine mit dem andern etwas zu tun hat."

Franka gab sich geschlagen. Ihr selbst war natürlich an der Aufklärung der Entführung mehr gelegen als an der des Mordes. Trudel war schließlich so etwas wie eine Freundin, oder jedenfalls eine gute Bekannte, während sie Ewald eigentlich nur vom Sehen kannte. Aber in Bezug auf die Entführung hatte Hansen vermutlich recht. Bevor sich niemand bei ihnen meldete, konnten sie einfach gar nichts tun.

Tatsache blieb dennoch, dass es inzwischen zwei Verbrechen gab und die Polizei, sprich Hansen, nicht die geringste Spur hatte. Ja, gut, er hatte Willi verhaftet. Aber jeder, außer Hansen, wusste, dass Willi es nicht war. Ein angeblicher Streit um irgendeine Frau, die es nur in der Fantasie der beiden Männer gegeben hatte. Das war doch lächerlich für zwei Kerle im gestandenen Alter. Und selbst wenn sich die beiden um eine Frau gestritten hatten, war das noch lange kein Grund, sich gegenseitig umzubringen. Nein, an eine solche Version konnte Franka einfach nicht glauben. Genau wie in dem Entführungsfall galt es, ein überzeugendes Motiv zu finden. Eines, das wirklich einen Mord rechtfertigte. Aber wo sollte das herkommen?

Für eine Weile bestimmte wieder Schweigen die Atmosphäre im Dienstzimmer. Dann philosophierte Franka in die Stille hinein: „Das Verbrechen ist männlich."

„Wie kommst du jetzt zu dieser Weisheit?" In Hansens Gesicht stand ein großes Fragezeichen.

Franka zuckte mit den Schultern. Der Satz war ihr eben in den Sinn gekommen. Dabei stammte er gar nicht von ihr. Sie hatte ihn bei ihrer Arbeit als Gerichtsreporterin irgendwann einmal aufgeschnappt. Offenbar hatte die Aussage sie aber nachhaltig beeindruckt, sonst wäre sie ihr jetzt nicht spontan eingefallen.

Ein Blick genügte, um zu sehen, dass Hansen weiterhin skeptisch war. Er schaute Franka ungläubig an. „Du denkst also, es war ein Mann? Sowohl der Mörder als auch der Entführer, meinst du. Und wieso?"

Franka zuckte wieder mit den Schultern. „Ich kann es nicht erklären. Irgendwie ist es nur so ein Bauchgefühl."

Franka konnte sich gut vorstellen, dass der Mord von einem Mann begangen wurde. Allein der Brutalität wegen. So skrupellos benahmen Frauen sich doch nicht. Andererseits verlangte es nicht sonderlich viel Körperkraft, jemanden mit dem Auto zu überfahren. Aus dieser Perspektive betrachtet, könnte der Täter natürlich ebenso gut weiblich sein. Die Hemmschwelle, jemanden zu überfahren, war für eine Frau sicherlich geringer als bei einem Mord, bei dem selbst Hand angelegt werden musste.

Hansen unterbrach ihre Gedanken: „Na, also im Gegensatz zu dir, bin ich ja auch der Meinung, dass der Täter bereits in U-Haft sitzt. Wenn du dich erinnerst, ich habe Willi Langhammer aus Sosberg sozusagen überführt. Und bereits verhaftet."

Franka schwieg. Wie in so vielen Dingen lagen auch bei dieser Frage die Ansichten von Hansen und Franka weit auseinander. Franka hatte das Gefühl, dass man sich im Kreis drehte. Mit Hansen zu diskutieren, brachte sie jetzt nicht weiter.

Franka fing wieder an, sich mit dem Bürostuhl zu drehen, wofür sie einen bösen Blick von Hansen erntete. Augenblicklich hielt sie inne.

Sie dachte weiter nach, ohne dabei herumzuzappeln. Plötzlich kam ihr das Gespräch, das sie mit Jutta auf dem Friedhof geführt hatte, wieder in den Sinn.

„Du, Hansen?"

„Hmmm."

„Wie war das eigentlich mit dem Mann, der voriges Jahr im Wald den Herzinfarkt hatte?" Karl, hieß der doch, wenn ich mich recht erinnere."

Hansen war verdattert. „Was soll das denn jetzt?"

„War das nicht ein Bruder vom Ewald?"

„Doch schon, aber was interessiert es dich? Der Karl ist nachweislich eines natürlichen Todes gestorben. Herzinfarkt. Ganz normal. Hast du selbst eben gesagt."

„Ja doch. Was mich aber stutzig macht bei der Sache ist, dass er genau am Oktoberfestwochenende gestorben ist. Trudel hat mir erzählt, dass Ewald aus einer kinderreichen Familie stammte. Was ist denn mit seinen anderen Geschwistern? Leben die noch alle?"

Hansen zuckte mit den Schultern. „Moment, ich guck mal nach."

Nach einigen nervösen Tippversuchen im Computer wurde er fündig. „Tatsächlich hatte das Ehepaar Philipps jede Menge Kinder. Fast alle sind aber schon verstorben. Übrig geblieben, wenn man das so sagen kann, sind nur Agnes Philipps, eine verheiratete Anders und eben unser Ewald. Aber der ist ja nun auch nicht mehr."

Franka wurde hellhörig.

„Sieh doch bitte nach, wann genau die Geschwister gestorben sind."

Hansen sah Franka wieder verständnislos an, tat aber, was sie sagte, ohne nach dem Warum zu fragen.

Es folgte wildes Tippen auf Hansens Seite und ungeduldiges Drehen mit dem Bürostuhl auf der von Franka, während der Polizist abwechselnd „Mist“, „ Ähm, nee noch mal“ und „Moment“ hervorbrachte.

Es dauerte eine ganze Weile, bis Franka endlich das zu hören bekam, worauf sie wartete.

„Jetzt hab ich’s.“

„Na endlich.“ Franka fuhr in die Höhe und als Hansen seine Augen vor Verwunderung weit aufriss, während er auf den Bildschirm starrte, wechselte sie auf die andere Seite des Schreibtischs.

„Und?“ fragte sie neugierig. Obwohl sie über Hansens Schulter hinweg den Monitor sehen konnte. Sie wollte ihm das Erfolgserlebnis nicht nehmen.

„Außer den beiden Ältesten sind alle Geschwister in den vergangenen zwei Jahren gestorben. Und zwar immer im Oktober“, gab er bekannt.

„Immer dann, wenn im Dorf Oktoberfest anstand“, ergänzte Franka und setzte sich wieder auf ihren Platz. Eigentlich war sie nicht sonderlich überrascht ob dieser Antwort. Es bestätigte lediglich ihren Verdacht. Noch während Hansen redete, um ihr detailgenau die Verhältnisse der Familie Philipps zu erläutern, griff sie nach dem Telefon.

Als Hansen ihr mit einem zustimmenden Kopfnicken die Erlaubnis gab, wählte sie Jan Bergers Nummer. Wenn ihr Verlobter ohnehin plante, in den Hunsrück zu fahren, konnte er auch sofort vorbeikommen. Hier gab es nämlich einiges zu besprechen. Ohne seine Hilfe kamen sie zurzeit einfach nicht weiter.

Achtundzwanzig

Dunkel, dunkel, immer nur dunkel. Trudel wurde langsam irre. Sie wusste nicht, ob Tag oder Nacht, geschweige denn welcher Wochentag war. Der Entführer war mehrmals bei ihr gewesen, um sie notdürftig mit Essen und Trinken zu versorgen.

Wenigstens hatte sie bei diesen kurzen Besuchen auch ihre Notdurft verrichten können. Wenn auch nur in einem Blecheimer. Trudel hatte es am Geräusch erkannt, als der Urinstrahl auf das Blech traf. Unangenehm war, dass der Geruch nach Pisse sich jetzt im ganzen Raum breitmachte. Ein Grund mehr, um zu türmen. Trudel musste hier raus.

Nach wie vor hielt sie der Gedanke an Ewalds Beerdigung am Leben. Bis zur Beisetzung musste sie sich unbedingt befreit haben. Die Angst, dass man Ewald ohne ihr Beisein unter die Erde bringen würde, war ihre größte Sorge und verlieh ihr ungewöhnlich viel Kraft.

Sie wollte ihn auf alle Fälle auf seinem letzten Weg begleiten. Trudel glaubte nicht, dass man ihretwegen die Beisetzung verschieben würde, was bei einer Erdbestattung ohnehin nicht so leicht möglich war.

Dass Agnes Rücksicht auf sie nehmen würde, konnte sie sich auch nicht vorstellen. Trudel war ja froh, dass sie Ewalds Schwester überhaupt dazu bewegen konnte, an der Beisetzung teilzunehmen. Wenn überhaupt konnte Trudel höchstens auf den Pfarrer und möglicherweise noch auf den Kirchenchor zählen. Schließlich sang sie auch in dem Verein. Da war es ja wohl nicht zu viel verlangt, abzuwarten, bis sie wieder da war. Besser aber, sie schaffte es, sich rechtzeitig zu befreien. Trudel hatte nämlich die Schnauze gestrichen voll.

Ob man schon nach ihr suchte? Irgendwer musste sie doch vermissen. Schließlich führte sie die einzige Bäckerei im Dorf. Spätestens dann, wenn die Leute keine Backwaren mehr hatten, musste ihnen doch auffallen, dass der Laden geschlossen war. Das hatte es doch im Dorf bislang noch nicht gegeben.

Bei dem Gedanken, dass man ihr Verschwinden im Dorf noch gar nicht bemerkt haben könnte, bekam Trudel Herzklopfen. Aber sie beruhigte sich schnell wieder. Das war Blödsinn. Es gab Leute, die kamen täglich zu ihr in den Laden. Es war also unmöglich, dass ihr Verschwinden unbemerkt blieb. Vermutlich waren längst Suchtrupps unterwegs. Leider hatte sie überhaupt keine Idee, wo sie sich befand. Das Stimmengewirr, das Trudel nur in den kurzen Momenten vernahm, wenn der Entführer rein- oder rausging, ließ vermuten, dass sie an keinem allzu abgelegenen Ort gefangen gehalten wurde. Leider reagierte aber auch niemand auf ihre Hilferufe. Das war schon seltsam.

Es gab aber noch etwas, das Trudel beunruhigte. Wenn sich ihr Verdacht, was Ewalds Mörder anbelangte, bestätigte, dann musste sie mit allen Mitteln verhindern, dass Agnes zur Beerdigung kam. Ewalds Schwester hatte ursprünglich gar keinen großen Wert darauf gelegt, an der Beisetzung teilzunehmen. Sie selbst war diejenige, die Agnes dazu überredet hatte, nach Mörsdorf zu kommen. Zu dem Zeitpunkt wusste sie allerdings noch nicht, was sie jetzt wusste. Wenn Agnes im Hunsrück etwas zustoßen würde, wäre das ganz allein ihre Schuld. Das durfte auf keinen Fall passieren.

Trudel nahm all ihre Kraft zusammen und versuchte weiter, sich zu befreien. Sie rieb ihre Handgelenke so lange an dem Gegenstand, an dem sie gefesselt war, bis ihre Haut ganz wundgescheuert war und anfing zu bluten. Es tat höllisch weh, aber Trudel gab nicht auf. Sie hatte ein Ziel vor Augen, das sie antrieb. Und das lautete nicht nur aus ihrem Gefängnis rauszukommen, sondern auch Agnes zu warnen.

Unaufhörlich drehte Trudel ihre Hände hin und her, bis sie spürte, dass die Fesseln sich langsam lockerten. Nach stundenlangem Kraftaufwand, der Trudel an die Grenzen ihrer körperlichen Kapazitäten brachte, schaffte sie es endlich, sich loszumachen. Sie zog ihre rechte Hand vorsichtig aus der Schlinge. Endlich konnte sie sich auch diese dämliche Augenbinde abnehmen.

Die gleißende Helligkeit traf ihre Augen völlig unvorbereitet. Trudel hatte damit gerechnet, dass das Loch, in dem sie sich befand, abgedunkelt war. Doch das stimmte nicht. Durch ein Fenster trafen Sonnenstrahlen ungefiltert in den Raum. Trudel musste ihre Augen zusammenkneifen. Es dauerte eine ganze Weile, bis sie sich an die Helligkeit gewöhnte.

Ihr Gefängnis entpuppte sich als einfacher Holzverschlag. Es gab vier Wände, ein Fenster, das aus einem Holzrahmen mit Plexiglasscheibe bestand, und eine Holztür Marke Eigenbau. Trudel hatte die letzten Tage auf einer Hühnerstange verbracht. Ihre ursprüngliche Vermutung, in einer Garage oder einem Gartenhaus am Dorfrand festzusitzen, schien sich nicht zu bestätigen. Es sah eher so aus, als befände sie sich in einem Hühnerstall. Bloß, dass die Hühner fehlten. Für diese These sprach auch das Stroh, das als Einstreu Teile des Bodens bedeckte. Langsam beschlich Trudel ein leiser Verdacht, wo sie sein könnte.

In der rechten Hand hielt sie immer noch die Augenbinde. Trudel sah, dass es sich um eine Schlafbrille handelte. Eine von der Sorte, wie man sie auf Langstrecken im Flugzeug bekommt. Sogar der Name der Airline war auf der

Seite aufgedruckt. Ihr Verdacht schien sich zu bestätigen. Sie ahnte, wem diese Brille gehörte.

Es war höchste Zeit zu fliehen. Trudel nahm ihre ganze Kraft zusammen und trat mit dem Fuß gegen die Tür. Es gab einen Knall. Doch obwohl es sich um einen einfachen Holzverschlag handelte, ließ die Tür sich nicht öffnen. Trudel versuchte es am Fenster. Mit einem gezielten Schlag gelang es ihr, das Plexiglas aus dem Rahmen herauszudrücken. Die Öffnung war nicht sehr groß, bot aber immerhin eine Möglichkeit zur Flucht.

Von draußen waren wieder die Stimmen zu hören, die Trudel schon mehrmals zuvor vernommen hatte. Neugierig schob Trudel ihren Kopf durch die Öffnung. Über das, was sie sah, musste sie unwillkürlich lachen. Obwohl ihre Situation alles andere als spaßig war.

Draußen weidete eine Schar Gänse. Wenn man die Augen schloss, erinnerte das schwatzhafte Geschnatter der Tiere tatsächlich an plaudernde Partygäste. Die Viecher hatten Trudel ganz schön hinters Licht geführt. Aber dafür wusste Trudel endlich, wo sie sich befand.

Vor ein paar Jahren hatte Jupp Schmitz seinen Gänsestall ausgelagert. Die Nachbarn hatten sich bei dem Bauern über das ständige Geschnatter beschwert. Zu Fuß brauchte man höchstens zehn Minuten bis ins Dorf. Trudel überlegte, wer außer den Dorfbewohnern von dem Stall mitten im Wald wusste? Ob der Bauer etwas mit ihrer Entführung zu tun hatte?

Um darüber nachzudenken, blieb Trudel jetzt keine Zeit. Jeden Moment konnte der Entführer wieder auftauchen. Trudel stellte sich auf den umgekippten Blecheimer und zwängte ihren Körper durch die schmale Fensteröffnung. Die zahlreichen süßen Torten und Teilchen, die sie im Laufe ihres Bäckerinnen-Lebens zu sich genommen hatte, machten die Sache nicht gerade leichter.

„Mit fünfzehn Kilo weniger würdest du hier besser durchpassen", sagte sie zu sich selbst. Doch ihr eiserner Wille und der Gedanke an Ewalds Beerdigung trieben sie an.

Neunundzwanzig

„Im Moment können wir für Trudel nichts weiter tun, als abzuwarten, bis der Entführer sich wieder meldet." Berger legte das Entführerschreiben zurück auf Hansens Schreibtisch.

„Dass euer Alleingang mehr als fahrlässig war, brauche ich euch ja wohl nicht noch einmal zu erläutern." Es war nicht zu überhören, dass der Kommissar stocksauer war.

Franka schaute beschämt auf den Fußboden. Berger war klar, dass die Idee, den Entführer allein zur Strecke zu bringen, nicht von seiner Freundin stammte. Aber was sollte er sagen? Jetzt war ohnehin nichts mehr zu ändern. Besser, er ließ die Sache vorerst auf sich beruhen. Eine letzte Ermahnung konnte er sich dennoch nicht verkneifen: „Falls es wider Erwarten Neuigkeiten gibt, möchte ich umgehend informiert werden. Und zwar bevor irgendjemand etwas unternimmt. Verstanden?"

Die Ansage galt vor allem dem jungen Kollegen. Berger sah ihn durchdringend an. Hansen schien sich seiner Schuld durchaus bewusst zu sein. Berger hoffte inständig, dass der Entführer wegen der gescheiterten Übergabe nicht nervös geworden war und seinen Unmut an dem Entführungsopfer ausließ. Das kam vor. Er selbst hatte ähnliche Situationen bereits erleben müssen. Vor allem dann, wenn die Entführung nicht bis ins Detail durchgeplant war. Dem Schreiben nach zu urteilen, waren hier nämlich keine Profis am Werk. Man konnte nur hoffen und abwarten, was passierte.

Berger lenkte das Gesprächsthema auf den Mordfall. Eigentlich war er ja wegen Ewald Philipps Tod nach Simmern gekommen. „Und es gibt auch schon einen Verdächtigen, den du festgesetzt hast?“ wollte Berger wissen.

Hansen nickte eifrig. „Jawohl, Chef. Ich habe Willi Langhammer aus Sosberg verhört und sozusagen auch des Mordes überführt. Der Tatverdächtige ist zwar noch nicht geständig, aber wenn er erst mal ein paar Tage in der Zelle hinter sich hat, wird das schon. Da bin ich mir ziemlich sicher“, verkündet Hansen mit vor Stolz geschwellter Brust.

„Und aufgrund welcher Beweise hast du ihn überführen können?“, fragte Berger nüchtern.

„Na, die Spuren an seinem Auto sagen ja wohl genug aus. Das Blut stammt eindeutig von dem Toten.“ Hansen schien fast beleidigt, dass Berger an seiner Ermittlungsarbeit zweifelte. Während er sich umdrehte, um die Unterlagen von seinem Schreibtisch zu holen, murmelte er: „Wer soll es denn auch sonst schon gewesen sein?“

Berger verkniff sich auch diesmal eine Bemerkung. Er nahm die Unterlagen entgegen und machte es sich am Schreibtisch bequem. Eingehend studierte er die Fotos und die bisherigen Untersuchungsergebnisse vom Tatort, der Leiche, dem Unfallfahrzeug sowie alle Befragungsprotokolle.

Gelegentlich schaute er zu Franka und Hansen hinüber. Die beiden saßen wie artige Kinder auf ihren Stühlen und warteten darauf, dass er etwas sagte. Aber den Gefallen tat er ihnen nicht. Zumindest nicht, bevor er sich ein umfassendes Bild gemacht hatte. Berger war ein schneller Leser, schon bald hatte er den ersten Anhaltspunkt. Als er fertig war, legte er den Stapel Papier vorsichtig zurück auf den Tisch.

„Und?“, fragte Franka ungeduldig. So als müsse er ad hoc nach Durchsicht der Unterlagen eine Lösung parat haben. Aber so ähnlich war es tatsächlich. Franka kannte ihn für die relativ kurze Zeit, in der sie ein Paar waren, schon ziemlich gut. Mit einer ersten Einschätzung der Lage blieb er dennoch zurückhaltend. Das Einzige, was über seine Lippen kam war ein vages „Hmm“.

„Hmmm, was?“ Franka konnte ihre Neugier nicht verbergen.

„Ist irgendwas nicht in Ordnung?“, wollte auch Hansen wissen.

Berger tat den beiden endlich doch den Gefallen und ließ sie an seinen Überlegungen teilhaben: „Ich bin mir nicht ganz sicher, aber etwas macht mich doch stutzig.“

Die beiden Hilfssheriffs rückten ihre Stühle so, dass sie ihm direkt gegenüber saßen und lauschten gespannt, was ihr Chef, beziehungsweise Partner, zu sagen hatte.

„Also, wenn ich mir die Unterlagen anschaue, hege ich doch Zweifel daran, dass Willi das Unfallauto tatsächlich gefahren hat.“

„Wieso?“, klang es gleichzeitig aus zwei Mündern. Trotz dem Ernst der Lage, konnte sich Berger ein Grinsen nicht verkneifen. „Es gab keinerlei Spuren am Lenkrad und im Wageninnern. Stimmt’s?“, fuhr er fort.

„Stimmt“, betätigte Hansen.

„Und, wie findet ihr das? Kommt euch das nicht irgendwie komisch vor?“

Hansen war verunsichert. Er guckte zuerst Berger an, dann Franka und zuckte anschließend mit den Schultern.

Berger wandte sich direkt an Hansen: „Na, wenn du jetzt in meinem Wagen auf Spurensuche gehen würdest. Von wem denkst du, gibt es da die meisten Fingerabdrücke?“

„Na von Ihnen, Chef." Die Antwort kam ohne Zögern.

„Da hast du vermutlich recht. Und genau das ist es, was ich meine, Hansen."

Der Polizeimeister schien noch immer nicht zu kapieren.

Bei Franka dagegen war der Groschen gefallen. „Du meinst, da hat jemand seine Spuren verwischen wollen, und dabei eben auch die von Willi entfernt?"

„Ganz genau, mein Schatz. Ich halte es für sinnvoll, noch einmal mit Willi zu reden. Was meint ihr?"

*

Die fehlenden Fingerabdrücke von Willi waren nicht das Einzige, was Berger auffiel. Er hatte sich lange und sehr intensiv die Fotos vom Tatort sowie vom Tatfahrzeug angeschaut. Und dabei eine wichtige Entdeckung gemacht. Die wollte er nun mit Hansen und Franka teilen.

„Sind die Asservate noch hier oder wurden die schon nach Koblenz geschickt?"

„Die sind noch hier." Hansen brachte seinem Chef einen Klarsichtbeutel mit den wenigen Utensilien, die sie im Fahrzeug gefunden hatten.

Berger streifte sich Einmalhandschuhe über und fingerte ein Teil aus der Tüte. Er hielt es gegen die LED-Lampe auf seinem Schreibtisch, so dass Hansen und Franka es auch sehen konnten.

„Ein Knopf?", fragte Franka überrascht.

Berger nickte. „ Und zwar ein ziemlich auffälliger. Dieser hier wurde im Unfallwagen gefunden. Und jetzt schau mal genau hin. Wovon, denkst du, könnte der stammen?"

„Hmmmm. Trachtenkleidung", vermutete Franka.

„Genau das denke ich auch. So ein Oktoberfest bietet ja auch die passende Gelegenheit, Trachtenkleidung anzuziehen.“ Berger stockte: „ Ich frage mich allerdings, was Willi an dem Abend wohl getragen hat. Erinnerst du dich vielleicht daran, Hansen? Du hast ihn doch gesehen.“

„Na ja, direkt auf dem Fest war ich ja nicht. Wie Sie wissen, hatte ich an dem Wochenende Dienst und war hier in der Dienststelle, bis Ihr Anruf kam und ich ins Dorf gefahren bin. Da war Willi aber schon nicht mehr dort.“

„Und später, als du zu ihm nach Hause gefahren bist?“, bohrte Berger weiter.

„Als ich zu ihm nach Sosberg bin, lag er ja noch im Bett. Aber seine Klamotten lagen auf einem Stuhl davor. Ich gehe mal davon aus, dass es die Klamotten vom Fest waren, so wie die nach Qualm gestunken haben. Bei solchen Zeltfesten hält sich ja eh keiner an das Rauchverbot.“

„Und wo sind Willis Kleider jetzt?“

„Die hat er an. Willi hat sich in meinem Beisein angezogen. Dann habe ich ihn gleich mit hierher in die Dienststelle genommen. Seither hatte er wohl kaum Gelegenheit, sich noch mal umzuziehen.“ Hansen schmunzelte süffisant. Aber Berger ignorierte die Anspielung.

„War das, was Willi trug, ein … sagen wir bayerisches Outfit? Also Lederhosen und kariertes Hemd oder so was in der Art?“

Hansen prustete los. „Ich glaube nicht, dass der Willi so etwas überhaupt besitzt“, antwortete er spöttisch. „Wenn ich es richtig in Erinnerung habe, hatte Willi eine stinknormale Jeans an und ein hellgraues Sweatshirt. Aber das lässt sich ja leicht überprüfen. Er hockt ja sozusagen nebenan.“

„Ich denke, dann ist es jetzt an der Zeit, ihn aus der Zelle zu holen.“

Dreißig

Martin Friedhoff dachte nach. Wie immer saß er dabei an seinem Küchentisch und stützte den Kopf in beide Hände. Das half ihm, seine Gedanken zu ordnen. Die Position war dafür ebenso unabdingbar wie der Tisch selbst, der ihm heilig war. Vor etlichen Jahren hatte er ihn während eines Campingurlaubs mit Vera erstanden und anschließend auf dem Autodach seines Fiat Ritmo aus der Toskana bis nach Hause transportiert. Damals wohnte die Familie noch im Ruhrgebiet. Aber nachdem die Kinder später flügge waren und das elterliche Nest verlassen hatten, zog Friedhoff mit Vera in den Hunsrück. Sie fühlten sich wohl in dem kleinen Dorf.

Vor vier Jahren hatte man ihn hier sogar zum Bürgermeister gewählt. Leider häuften sich seitdem die Verbrechen. Friedhoff hatte schon öfter darüber nachgedacht, ob es vielleicht an ihm liegen könnte, dass die Serie an Straftaten nicht abzureißen schien.

Es war doch nicht normal, dass in dem Nest andauernd Menschen auf mysteriöse Weise verschwanden. Gut, nicht alle waren Opfer eines Verbrechens, manch einer tauchte nach einer gewissen Zeit auch wieder auf. Aber bei nur sechshundert Einwohnern war die Kriminalitätsrate im Vergleich zum Bundesdurchschnitt doch überproportional hoch. Dabei wohnten in seinem Dorf doch lauter liebenswerte Menschen. Friedhoff verstand die Welt nicht mehr. Ein Gefühl, das er nur allzu gut kannte. Leider. In letzter Zeit war aber auch wirklich viel los in dem kleinen Hunsrückdorf.

Natürlich hatte es große Aufregung wegen der geschlossenen Bäckerei gegeben. Die Leute waren daran gewöhnt, dass Trudels Laden täglich geöffnet war. Selbst am Sonntag stand die Bäckerin für ein paar Stunden hinter der Ladentheke, um ihre frischen Backwaren an den Mann zu bringen. Friedhoff war schon klar, dass es dem einen oder anderen spanisch vorkam, dass die Bäckerei plötzlich geschlossen hatte. In all den Jahren, in der Trudel das elterliche Unternehmen führte, hatte es das noch nie gegeben. Friedhoff selbst wusste das zwar nur aus zweiter, aber dennoch zuverlässiger Quelle. Doch auch wenn er für Offenheit und Ehrlichkeit war, schien es ihm diesmal besser, wenn die Leute vorerst nichts von der Entführung wussten. Noch mehr Trubel wollte er den Dorfbewohnern nicht zumuten.

Da war Hansens Idee, zu behaupten, dass Trudel erkrankt sei und deshalb zurzeit nicht backen könne, gar nicht mal so schlecht gewesen. So viel Einfallsreichtum hatte Friedhoff dem Dorfpolizisten gar nicht zugetraut. Zudem hatte Hansen auch umgehend dafür gesorgt, dass Bäcker Theisen aus einem der Nachbarorte das Dorf mit seinem Backmobil anfuhr. Ein einziger Anruf hatte genügt, um den Bäcker ins Dorf zu locken. Friedhoff ahnte schon, dass es später Schwierigkeiten geben würde, das Backmobil wieder abzubestellen, wenn Trudel wieder selbst im Einsatz war. Aber vorerst war es so für alle das Beste.

Als Bürgermeister musste er auch zusehen, dass die Leute zufrieden waren. Die Möglichkeit, Backwaren im Dorf zu kaufen, war den meisten schon wichtig. Querulanten gab es natürlich immer. Aber die kauften ohnehin ausschließlich in den nahegelegenen Kleinstädten in Kastellaun oder Simmern ein. Einzig aus dem Grund, dass bloß niemand aus dem Ort an ihrem Einkauf etwas verdiente. „Idioten gibt es eben immer und überall“, murmelte Friedhoff halblaut vor sich hin. Diese Nörgler waren allerdings auch die ersten, die protestierten, wenn die Läden vor Ort wegen Unwirtschaftlichkeit schließen mussten. Unwillkürlich schüttelte Friedhoff den Kopf. Es war eben nicht jedem zu helfen.

Leider war das nicht das einzige Problem, das Friedhoff beschäftigte. Viel schlimmer war, dass man immer noch nicht wusste, was mit Trudel los war.

Friedhoff hatte hautnah miterlebt, wie die Lösegeldübergabe kläglich gescheitert war. Er hoffte inständig, dass der Entführer Trudel deswegen nichts angetan hatte. Stundenlang hatte er schon darüber gegrübelt, ob man bei der Übergabe einen Fehler gemacht hatte. Aber er war ja selbst dabei und hatte alles mit eigenen Augen gesehen. Weder Franka noch Hansen konnte man ein Fehlverhalten nachsagen. Und er selbst war sich auch keiner Schuld bewusst. Warum der Entführer nicht am vereinbarten Übergabeort aufgekreuzt war, blieb ein Rätsel.

Allerdings bewegte die geplatzte Geldübergabe ihn nun zum Umdenken. Ihm war von vornherein nicht wohl gewesen bei dem Gedanken, die Aktion im Alleingang durchzuführen. Jetzt, nachdem der Deal sozusagen geplatzt war, war Friedhoff sich ganz sicher, dass man Berger umgehend informieren musste. Und wenn Hansen das nicht tat, dann würde er sich eben höchstpersönlich darum kümmern.

Einunddreißig

Hansen war alles andere als begeistert. Warum sollte er den Tatverdächtigen jetzt aus seiner Zelle holen? Kommissar Berger zweifelte doch wohl nicht an Willis Schuld. Hansen hatte den Mann schließlich nicht willkürlich eingesperrt, sondern anhand von belastenden Indizien. Was Berger jetzt mit Willi vorhatte, konnte er sich wirklich nicht vorstellen.

Er hatte den Mann ja bereits mehrfach verhört. Wenn Berger das Gleiche noch einmal tat, machte man ihn, als diensthabenden Polizisten vor Ort, doch unglaubwürdig. Da musste Willi doch denken, sein Vorgesetzter misstraute ihm. Aber was sollte Hansen machen? Berger war der Chef und wenn er den Gefangenen sehen wollte, war der Aufforderung nachzukommen. Basta.

Sein Kinn hing Hansen sprichwörtlich bis zum Knie. Missmutig zog er den Schlüssel aus der Hosentasche, öffnete die Tür und warf einen Blick in die Zelle. Augenblicklich schreckte Hansen zurück.

Ein solches Blutbad hatte er in seinem ganzen Leben noch nicht gesehen. Willi lag auf dem Boden und rührte sich nicht. An seinem Unterarm klaffte eine etwa zwanzig Zentimeter lange Schnittwunde. Das Blut hatte sich um ihn herum auf dem Fliesenboden verteilt.

Hansen blieb vor Schreck das Herz stehen. Er schnappte nach Luft. Für einen Moment war er komplett bewegungsunfähig. Dann stieß er einen lauten Schrei aus, um Berger und Franka zu warnen.

Mit zitternden Fingern nestelte Hansen sein Handy aus der Hosentasche und setzte den Notruf ab. „Schnell, kommen Sie zur Polizeidienststelle. Wir haben hier einen Schwerverletzten. Vermutlich Suizidversuch. Wie es aussieht, hat der Mann viel Blut verloren“, stammelte er in den Hörer.

Als er auflegte, standen Berger und Franka bereits neben ihm. Beide waren leichenblass. Der Schreck stand ihnen genauso ins Gesicht geschrieben wie ihm wenige Sekunden zuvor. Berger erlangte als Erster die Fassung wieder. Er rannte aus dem Raum und kam mit einem Verbandskasten in der Hand zurück. Mit einem sterilen Tuch drückte er fest auf die blutende Wunde. Während er mit der einen Hand zudrückte, öffnete er mit der anderen die Schnalle seines Gürtels, zog diesen aus den Schlaufen und band Willis blutenden Arm oberhalb der Schnittwunde ab. Hansen stand bewegungslos daneben und sah dem Kommissar bewundernd zu. Dass er in dieser Situation so nüchtern reagierte, faszinierte ihn.

Er selbst war noch immer starr vor Schreck. Immerhin hatte er es geschafft, die Leitstelle des Rettungsdienstes zu verständigen. Die Rettungswache lag nur wenige hundert Meter von der Dienststelle entfernt. Es konnte nicht lange dauern, bis professionelle Hilfe kam.

Hansen hielt vor Anspannung die Luft an. Er fühlte sich verantwortlich für die Situation. Hätte er Willi nicht so schnell verhaftet, wäre das alles nicht passiert. Er hatte sich auf Willis Kosten profilieren wollen. Die Beweislage hätte es durchaus zugelassen, Willi weiterhin bloß zu beobachten. Er hätte ihn nicht gleich einsperren müssen. Die Schuld lastete auf ihm wie ein schwerer Stein. Hansen konnte nichts weiter tun, als den beiden anderen zuzusehen, wie sie Erste Hilfe leisteten.

Wie durch einen Schleier sah er, wie Franka Willis Beine auf das Behelfsbett legte, während der Rest seines Körpers auf dem Boden liegen blieb. Er sah, wie sie ihre Finger an Willis Halsschlagader legte und seinen Puls fühlte.

„Er lebt noch."

Frankas Worte waren für Hansen wie ein Befreiungsschlag. Er atmete erleichtert auf.

Von draußen war die Sirene des Rettungswagens zu hören. Später würde Hansen sich an die Situation erinnern, als habe er neben sich gestanden und sich dabei zugesehen, wie er zur Eingangstür ging, um die Sanitäter hereinzulassen. Den zerbrochenen Spiegel und die Scherben im Waschbecken hatte er gar nicht bemerkt. Dieses Detail fiel ihm erst sehr viel später auf. Da hatten die Sanitäter Willi längst mitgenommen.

*

Für den Verletzten kam die Hilfe gerade noch rechtzeitig. Die Notfallsanitäter hatten den Druckverband erneuert, den Berger zwar weniger professionell, aber dennoch effektiv, angelegt hatte. Die Rettungskräfte hievten Willi auf eine Trage und brachten ihn mit Blaulicht und Martinshorn in die *Hunsrück Klinik*, das Krankenhaus der Kreisstadt.

Als der Klang der Sirene verhallte, löste sich bei den Beteiligten langsam auch die Schockstarre. Doch eine Frage blieb im Raum: Wie hatte so etwas passieren können?

„Das war nicht abzusehen“, betonte Hansen und wies damit alle Schuld von sich. Auf ihn habe der Verdächtige nicht so labil gewirkt, dass er einen Suizidversuch auch nur im Geringsten in Betracht gezogen hätte, betonte er vehement.

Niemand machte ihm einen Vorwurf, dennoch wurde Hansen das Gefühl nicht los, dass er sich an Willi versündigt hatte. Das änderte sich auch dann nicht, als man Berger später mitteilte, dass Willi inzwischen außer Lebensgefahr sei. Hansen hörte, wie der diensthabende Arzt am Telefon zu Berger sagte: „Vernehmen können Sie den Mann aber heute nicht mehr. Das geht frühestens übermorgen. Und das nur, wenn sein Zustand stabil bleibt.“

Hansen hoffte inständig, dass Willi die Nacht überlebte. Wenn er als diensthabender Polizeibeamter bei den Ermittlungen einen Fehler gemacht hatte, dann würde er ihn auch wieder gutmachen. Sofern man ihm die Chance dazu gab. Das ging natürlich nur, wenn Willi am Leben blieb. Hansen hatte einen anstrengenden Arbeitstag hinter sich. Er sehnte sich nach einem ruhigen Abend mit Ulla vor dem Fernseher. Bevor er nach Hause fuhr, machte er allerdings einen Umweg zum Kloster Himmelfahrt. An der Grotte zündete er eine Kerze an, mit einem Bittgebet für den verletzten Willi. Wie es mit der Ermittlungsarbeit weitergehen würde, wusste er noch nicht. Er zählte darauf, dass Berger am nächsten Tag klare Anweisungen für ihn parat hatte.

Zweiunddreißig

Unter anderen Umständen hätte das Essen im *LaGare* die besten Voraussetzungen zu einem romantischen Candle-Light-Dinner für vier gehabt. Pierre übertraf sich selbst mit seinen Kochkünsten und servierte den Freunden entgegen der eigentlichen Küchenphilosophie Wildschweinmedaillons mit Waldpilzen an Orangen-Cognac-Sauce und Kartoffelstampf. Dazu gab es einen Spätburgunder von der Mosel.

Leo entschuldigte sich für seinen Partner: „Als Ausgleich zu den Massen an gegrillten Bratwürsten und Schweinshaxen habe ich ihm ausnahmsweise erlaubt, sich mal wieder so richtig am Herd auszutoben", flüsterte er hinter vorgehaltener Hand.

Franka fand das alles andere als bedauerlich. Und da war sie nicht die Einzige. Trotz des tragischen Zwischenfalls mit Willi ließen die beiden Paare sich das Essen schmecken. Vor lauter Erleichterung, dass Willi über den Berg war, kam Franka nicht umhin, sich den Abend noch mit einem hausgemachten Schokokuchen an Karamelleis zu versüßen.

Aus gegebenem Anlass drehte sich das Tischgespräch um weniger Romantisches, als es ein klassisches Candle-Light-Dinner vermuten ließ. Der Mord an Ewald und Trudels Entführung standen im Fokus der Gespräche. Jeder hatte seine eigenen Ansichten des Geschehens und wollte diese mit den anderen teilen.

Auch Klaus-Dieter mischte fleißig mit. Als eifriger Wirtschaftsgänger und Stammtischbruder wusste er auch, was man sich im Dorf so erzählte. Wider Erwarten wertete selbst Berger Willis Selbstmordversuch nicht als Geständnis. Im Gegenteil. Er war felsenfest davon überzeugt, dass Hansen den Falschen eingebuchtet hatte.

Nachdem die anderen Gäste gegangen waren, setzten Leo und Pierre sich auf ein Glas Wein zu den Freunden an den Tisch.

„Ihr wart doch den ganzen Abend vor Ort. Ist euch denn nichts aufgefallen?“ Franka ließ es keine Ruhe, dass niemand etwas gesehen haben wollte, obwohl zu dem Zeitpunkt, an dem Ewald vermutlich zu Tode kam, mehrere Hundert Menschen nur ein paar Meter entfernt waren und nichtsahnend feierten.

Doch Leo und Pierre versicherten glaubhaft, dass sie mit der Zubereitung des Essens so beschäftigt gewesen seien, dass sie ihre Umgebung kaum wahrgenommen hatten. Sobald das Wort Oktoberfest fiel, verzog Pierre sein Gesicht zu einer Grimasse. Bevor er eine abfällige Bemerkung loslassen konnte, lenkte Leo beschwichtigend ein. „Es tut mir wirklich leid, Schatz. Ich verspreche dir hoch und heilig, dass ich dich nie mehr dazu überreden werde, an einer solchen Veranstaltung teilzunehmen, geschweige denn dort zu kochen.“

Pierres Gesichtszüge entspannten sich augenscheinlich.

„Na komm, so schlimm war es doch auch wieder nicht“, frotzelte Franka. Leo rammte ihr daraufhin seinen Ellenbogen in die Seite.

„War nur Spaß“, fügte sie schnell hinzu.

„Ich glaube, in dieser Hinsicht versteht Pierre leider keinen Spaß mehr", flüsterte Leo ihr ins Ohr und lenkte anschließend das Gespräch in andere Bahnen.

„Wie weit seid ihr denn mit der Aufklärung des Verbrechens. Gibt es da schon etwas, was man wissen darf?" Leo schielte verschämt in Jans Richtung.

„Zu laufenden Ermittlungen darf ich dir natürlich keine Auskunft geben, wie du weißt", sagte Berger nachdrücklich. Für einen kurzen Moment herrschte betretenes Schweigen. Dann verwandelte sich Bergers strenger Blick in ein vielsagendes Grinsen.

„Da ich in diesem Fall aber nicht offiziell beauftragt bin, sieht die Sache schon anders aus. Vielleicht können wir beweisen, dass Willi mit dem Mord an Ewald nichts zu tun hat. Ich denke, das bin ich ihm schuldig", fügte er hinzu.

Die Anwesenden schauten Berger fragend an. Für sie sprach der Kommissar in Rätseln. Um seine Freunde nicht länger auf die Folter zu spannen, holte Berger den Knopf aus der Jackentasche und zeigte ihn am Tisch herum.

Pierre war der Erste, der eine Reaktion zeigte. „Oh ein edler Knopf. An sich eine feine Sache, wenn mich dieses Relikt nicht an diese furchtbare Feier erinnern würde." Pierre seufzte. Etwas zu divenhaft wie Franka fand. Was Jan damit vorhatte, interessierte sie dennoch. „Und wie genau können wir mit einem Knopf die Unschuld von Willi beweisen?"

„Vielleicht erinnert sich jemand an den Mann, oder möglicherweise die Frau, die auf dem Fest eine Jacke mit einem solchen Knopf getragen hat."

Pierre seufzte zum zweiten Mal. Die anderen schauten ihn verblüfft an. „Leute, wenn auf dieser Veranstaltung jemand eine Jacke mit einem solchen Knopf getragen hätte, dann wäre mir das aufgefallen. Ich sage euch, niemand in diesem Festzelt hatte einen Janker mit einem Hirschhornknopf in Edelweissform an.“

„Aber irgendwo muss das Teil ja herkommen. Und vor allem muss es irgendwie in Willis Auto gekommen sein.“

„Genau“, bestätigte Berger. „Ich muss morgen früh zurück nach Koblenz. Wie wäre es, wenn unsere beiden Hobbydetektivinnen sich mit der Sache befassen würden?“

Wie erwartet war Jutta sofort Feuer und Flamme. Franka war zwar verwundert, dass sie die Konversation überhaupt verfolgen konnte, während sie mit Klaus-Dieter herumknutschte wie ein Teenager. Aber offensichtlich hatte Franka ihre Freundin unterschätzt.

„Was schlägst du vor?“, wollte sie von Jan wissen.

„Am besten, ihr klappert erst einmal alle Zimmervermieter ab. Vielleicht habt ihr Glück und irgendeiner erinnert sich an den Knopf.“

„Na klar.“ Jutta sprang von ihrem Stuhl auf und schaute Franka erwartungsvoll an.

„Ich denke, es genügt, wenn ihr euch morgen darum kümmert. Ich schlage vor, wir trinken noch einen Absacker und nehmen dann ein Taxi nach Mörsdorf.“

„Kommt nicht infrage. Ich fahre euch“, warf Leo ein. „Das wäre ja noch schöner. Bis Pierre in der Küche klar Schiff gemacht hat, bin ich längst zurück.“

*

Auf das vermeintlich romantische Abendessen folgte eine sehr leidenschaftliche Nacht. Es war das erste Mal, dass Jan bei Franka in der neuen Wohnung übernachtete. Franka musste zugeben, dass sie ihren Verlobten doch viel mehr vermisst hatte, als sie sich eingestehen wollte. Sie war froh, dass er nicht am gleichen Abend noch nach Koblenz zurückfuhr. In Jans Armen fiel sie in einen glücklichen und erholsamen Schlaf.

Entgegen ihrer Gewohnheit wachte Franka mitten in der Nacht auf. Sie hatte Durst. Daran war vermutlich das opulente Essen zu später Stunde schuld. Um Jan nicht aufzuwecken, schlich sie auf Zehenspitzen in die Küche und schenkte sich ein Glas Mineralwasser ein. Während sie trank, schaute sie gedankenverloren aus dem Fenster. Sie konnte die Hauptstraße sehen und den Parkplatz vor der Dorfwirtschaft. Wie erwartet, war um diese Uhrzeit niemand draußen zu sehen.

Franka leerte das Glas in einem Zug. Sie fröstelte ein wenig und sehnte sich zurück zu Jan ins warme Bett. Doch etwas hielt sie davon ab. Auf der Straße war etwas anders als sonst. Franka wusste bloß nicht was. Sie ging zurück zum Fenster und schaute noch einmal hinaus. Dann sah sie es: In der Bäckerei brannte Licht.

Vor lauter Schreck ließ sie das Glas fallen, das mit einem lauten Knall auf den Küchenfliesen landete und zerbrach. Ohne sich um die Scherben zu kümmern, eilte Franka ins Schlafzimmer. Jan war sofort hellwach.

Er versuchte, sie zu beruhigen: „In der Regel machen Einbrecher kein Licht. Zumindest nicht, wenn man es von draußen sehen kann." Dennoch war er bereit, nachzusehen. „Aber nur unter der Bedingung, dass du in der Wohnung bleibst."

Franka sah Jan dabei zu, wie er schnell in seine Jeans schlüpfte, seine Dienstwaffe holte und die Wohnung verließ. Sie folgte ihm. Im Flur traf sie auf Jutta und Klaus-Dieter, die den Aufruhr im Nebenzimmer mitbekommen hatten.

Die beiden postierten sich als Wachen am Schlafzimmerfenster, während Jan mit gezückter Pistole zum Nachbarhaus schlich. Dicht gefolgt von Franka. Jan ersparte es sich, seine Freundin zu ermahnen. Er wusste ohnehin, dass es zwecklos war. Wenn Franka nicht hautnah dabei sein konnte, würde sie ihn später mit neugierigen Fragen löchern. Also konnte er sie auch gleich mitnehmen.

Die Tür zur Backstube war leicht angelehnt. Von drinnen war Radiomusik zu hören. Vorsichtig stieß Jan die Tür auf, richtete seine Waffe auf den potenziellen Einbrecher und rief: „Hände hoch. Polizei."

Ihm gegenüber stand eine völlig verblüffte Trudel, deren Hände eben noch im Hefeteig gesteckt hatten. Mit großen Augen schaute sie den Eindringling an. Als sie den Kommissar erkannte, entspannte sich ihr Gesichtsausdruck. „Ach, der Herr Kommissar, gut, dass sie da sind, ich hab Ihnen sowieso was zu erzählen."

Als Franka Trudels Stimme erkannte, stürzte sie in die Backstube. „Trudel, bist du völlig von Sinnen? Wir machen uns Sorgen wie verrückt. Wo warst du?"

Mit dem Teig an den Händen berichtete Trudel, was ihr widerfahren war, wie sie fliehen konnte und auch, wen sie verdächtigte.

„Warum bist du nicht sofort zu uns gekommen?"

„Na, du bist gut, Franka. Wer soll denn das Brot und die Brötchen für morgen backen. Glaubst du die Arbeit tut sich von selbst? In zwei Stunden schließe ich den Laden auf. Da muss ich den Kunden doch etwas anbieten können."

Franka wusste nicht mehr, was sie sagen sollte. Trudel war wirklich nicht zu helfen.

„Ist mir sowieso ein Rätsel, wie das hier funktioniert hat ohne mich", murrte sie weiter.

Als Franka ihr gestand, dass man das Backmobil aus dem Nachbardorf gerufen hatte, wurde sie regelrecht sauer. „Den könnt ihr sofort wieder abbestellen. Am besten jetzt gleich. Der braucht gar nicht erst loszufahren."

„Trudel, es ist vier Uhr in der Früh. Da kann man niemanden anrufen“, beschwichtigte Franka.

„Einen Bäcker schon“, sagte Trudel bestimmt und war schon auf dem Weg zum Telefon, um dem Kollegen Bescheid zu geben. Als sie zurückkam, wirkte sie deutlich gelassener. Während die ersten Brötchen im Ofen buken, setzten sich Jan und Franka zu Trudel in die Backstube und hörten sich die ganze Geschichte an, die Trudel ihnen erzählte. Sie hatte in ihrer Gefangenschaft lange genug Zeit gehabt, um sich genau daran zu erinnern, was Ewald ihr seinerzeit anvertraut hatte. „Das Allerwichtigste ist jetzt, dass wir Agnes schützen“, endete sie.

„Wer ist Agnes?“ wollte Berger wissen.

„Agnes ist Ewalds Schwester und die einzige noch lebende Verwandte ersten Grades“, erklärte Franka.

Trudel und Berger sahen sie verblüfft an. „ Ja, da staunt ihr, was? Ich war auch nicht untätig und habe recherchiert.“

Berger nickte. Er hatte verstanden. „Wie können wir diese Agnes erreichen?“

„Das scheint leider nicht so einfach zu sein“, erklärte Trudel. Die Bäckersfrau hatte es bereits telefonisch versucht. Leider ohne Erfolg.

„Dann müssen wir in dem Fall wohl die Vertreter des Gesetzes walten lassen“, sagte Berger.

„Und was ist mit der Entführung?“

„Darum wird sich Hansen kümmern.“

Dreiunddreißig

Es war bereits hell, als Franka und Berger total übermüdet aus der Backstube kamen. Die Nacht war einfach zu kurz. Schweren Herzens machte Jan Berger sich auf den Weg nach Koblenz. Nicht aber, ohne vorher alles Notwendige in die Wege geleitet zu haben.

Bergers Wagen stand noch in Simmern. Er hatte Hansen gebeten, ihn mit zur Dienststelle zu nehmen. Unterwegs konnte er den jungen Kollegen dann in Sachen Entführung instruieren. Um Personenschutz für Ewalds Schwester würde er sich selbst kümmern.

Jan hatte nachgedacht und versucht, sich in die Lage des Mörders zu versetzen.

„Was glaubst du, wäre für ihn eine gute Gelegenheit, noch einmal zuzuschlagen?“, fragte er seine Freundin.

Franka überlegte: „Die Beerdigung. Meinst du, er schlägt auf der Beerdigung zu?“

„Das wäre auf jeden Fall eine Möglichkeit, die wir in Betracht ziehen müssen.“

„Was hast du vor?“

Jan strich Franka liebevoll übers Haar. „Mach dir keine Sorgen. Ich habe einen Plan. Vertrau mir.“

Natürlich vertraute Franka ihrem Verlobten. Dennoch hätte sie nur allzu gern gewusst, was genau der Plan war. Aber sie musste sich geschlagen geben und abwarten, was passieren würde. Wenn Jan versicherte, dass er dafür sorgte, dass niemand in Gefahr war, dann glaubte sie ihm das auch.

Franka winkte dem Wagen hinterher und ging zurück in die Wohnung. Die Tür zum Gästezimmer war fest verschlossen. Jutta und Klaus-Dieter hatten sich wohl noch einmal hingelegt. Franka spürte die Müdigkeit nach der langen

Nacht, aber an Schlaf war nicht zu denken. Jan hatte Jutta und ihr einen klaren Auftrag erteilt. Nämlich herauszufinden, von welchem Kleidungsstück der Knopf, der im Unfallwagen gefunden wurde, stammen könnte.

Sobald Jutta ihrem Liebesnest entfleuchte, konnten sie loslegen. Um die Sache zu beschleunigen, klapperte Franka betont laut in der Küche herum, während sie die Kaffeemaschine in Gang setzte. Es funktionierte. Jutta verabschiedete Klaus-Dieter schon nach einer Tasse Kaffee und versprach, ihn anzurufen, sobald ihre Arbeit erledigt war. Im Gegenzug nahm sie ihm das Versprechen ab, Stillschweigen über das zu bewahren, was am Vorabend besprochen worden war.

Nachdem die Männer aus dem Haus waren, setzten die beiden Freundinnen sich an Frankas Computer. Die Recherche war zwar zeitaufwendig, aber nicht besonders schwierig. Zu Frankas großer Verwunderung, kannte Jutta einschlägige Seiten, auf denen Mode im Landhausstil präsentiert wurde.

Es dauerte zwar eine ganze Weile, bis sie fanden, was sie suchten. Aber immerhin hatten sie Erfolg. Bei einem bayerischen Landmodenhersteller fand sich eine Herrenjacke im Trachtenstil, deren Knöpfe dem im Unfallauto gefundenen sehr ähnelten. Frankas Verdacht, dass es sich bei dem Mörder um einen Mann handelte, schien sich zu bestätigen. Jetzt galt es nur noch, den entsprechenden Besitzer einer solchen Jacke zu finden. Beim Oktoberfest in Mörsdorf hatten viele Männer Lederhosen und karierte Hemden getragen.

Aber einen echten Janker trug kaum jemand. Vielleicht konnte sich der eine oder andere Zimmervermieter an einen Gast mit einer solchen Jacke erinnern. Vorsorglich druckte Franka die Seite des Landmodenherstellers aus. Es war sicher einfacher, sich an eine Jacke zu erinnern, als an einen Knopf.

Vierunddreißig

Seinem Chef gegenüber ließ Hansen sich die Enttäuschung, dass man ihn nicht zum Abendessen mitgenommen hatte, nicht anmerken. Er stand zwar nicht auf dieses Chichi einer Gourmetküche. So gut wie seine Ulla kochte dieser Pierre sowieso ganz sicher nicht. Aber er hätte zu gern gewusst, was geredet wurde. Hoffentlich nichts Negatives über ihn und seine Arbeit als Polizeibeamter.

Hansen musste sich eingestehen, dass die Verhaftung von Willi voreilig gewesen war. Im Nachhinein tat es ihm auch wirklich leid. Das schlechte Gewissen quälte ihn schon genug. Er war froh, dass Berger ihm eine Chance gab, sich jetzt wenigstens im Entführungsfall zu beweisen.

Seit Stunden kauerte er bereits im Gänsestall, in Erwartung, dass der Entführer sich möglichst bald dort blicken ließ. Der Geruch nach Urin war nämlich so unerträglich, dass er sich fast übergeben musste. Wie hatte Trudel das bloß ausgehalten? Am liebsten wäre er vor die Tür gegangen, um dem Entführer dort aufzulauern. Aber das war aus Sicherheitsgründen natürlich unmöglich. Es war wichtig, dass er sich absolut ruhig verhielt, damit der Entführer keinen Verdacht schöpfte.

Das Stallfenster, das Trudel bei ihrer Flucht ausgebaut hatte, hatte er provisorisch wieder eingesetzt. Nicht ganz perfekt, aber dank seines handwerklichen Geschicks immerhin optisch einwandfrei. Auf den ersten Blick war nicht zu erkennen, dass hier etwas nicht stimmte. Er betrachtete die für Trudels massigen Körper viel zu kleine Öffnung und fragte sich, wie die Bäckerin es bloß geschafft hatte, durch dieses Nadelöhr zu fliehen. Hansen hoffte nur, dass der Entführer nicht zwischenzeitlich schon mal da gewesen war und die Flucht seines Opfers bereits bemerkt hatte. Dann wäre alles umsonst.

Unruhig tigerte Hansen im Gänsestall hin und her. Von draußen war das permanente Geschnatter der Gänse zu hören. Ein gleichmäßiges Stimmengewirr, das sich anhörte, als stünden mehrere Menschen auf einer Party zusammen. Seltsam, dass ihm das vorher noch nie aufgefallen war.

Doch plötzlich veränderte sich das Geräusch der Tiere. Das Geschnatter wurde aufgeregter. Hansen vermutete, dass jemand im Anmarsch war. Er versteckte sich schnell hinter der Stalltür, um nicht sofort gesehen zu werden. Als sich die Tür mit einem dumpfen Knarren öffnete, zögerte Hansen keine Sekunde. Ohne zu sehen, wen er da überwältigte, schritt er zur Tat. Einen Menschen zu überwältigen war viel leichter, als er dachte. Hansen hatte mit deutlich mehr Widerstand gerechnet.

Allerdings war er weniger überrascht, als er sah, wen er da sozusagen im Arm hielt. Die großen blauen Augen einer jungen Blondine starrten ihn entsetzt an. Hansen zeigte sich wenig beeindruckt. „Na, damit haben Sie nicht gerechnet, was?“, sagte er in strengem Ton. Ohne viele Worte zu wechseln, führte er die Frau ab. Er war froh, endlich aus dem stinkenden Stall herauszukommen. Freiwillig hätte er sich keine Sekunde länger hier aufgehalten. Den Dienstwagen hatte er vorsorglich im Gebüsch hinter dem Stall abgestellt.

Und zwar so gut, dass er vom Weg aus nicht zu sehen war. Wenn er nicht genau gewusst hätte, wo der Wagen stand, hätte er ihn selbst nicht gefunden. Bis auf ein klitzekleines Stück von dem Blaulicht, das aus dem Gebüsch hervorlugte, war das Auto vollständig von Grünzeug verdeckt. Der Entführer, oder vielmehr die Entführerin, wie er jetzt wusste, hatte das Auto auf alle Fälle nicht bemerkt. Hansen war stolz auf sich selbst. Wieder einmal.

Er platzierte seine Gefangene auf dem Rücksitz des Polizeiautos. Um sicher zu gehen, dass sie auf dem holprigen Feldweg zurück zur Dienststelle nicht aus dem Wagen sprang, legte er der Frau auch noch Handschellen an.

*

Hansen brachte es nicht übers Herz, die Frau in die Zelle zu sperren, in der Willi versucht hatte, sich das Leben zu nehmen. Er setzte sie in sein Büro. Das Verhör konnte er ohnehin besser am Schreibtisch führen, auch wenn die Sicherheitsvorkehrungen hier nicht optimal waren. Die Handschellen nahm er seiner Verdächtigen deshalb einfach noch nicht ab. Man konnte nie wissen, was sich hinter dem unschuldigen Blick der Blonden verbarg.

Der Leitspruch seiner Großmutter fiel ihm ein: Vorsicht ist die Mutter der Porzellankiste. Bisher war er immer gut damit gefahren und auch diesmal wollte er sich daran halten. Einen weiteren Lapsus bei seiner Arbeit konnte er sich nun wirklich nicht leisten. Zumindest nicht, wenn er von seinem Chef zukünftig noch ernst genommen werden wollte.

„Name, Alter, Wohnort“, blökte Hansen der Blondine entgegen. Von seinem Ausbilder auf der Polizeischule hatte er gelernt, dass Einschüchtern in den ersten Minuten der Befragung die beste Methode war, ein Geständnis zu bekommen. Bei seiner Verdächtigen hätte der Tonfall vermutlich auch etwas einfühlsamer sein können. Während sie bereitwillig ihre Personalien angab, kullerten der Frau auch schon dicke Tränen über die Wangen.

Hansen tat es augenblicklich leid, dass er so schroff war. „Mein Gott, Kindchen. Was machen Sie auch für Sachen?“, beschwichtigte er die Lage. Er reichte der Frau ein Papiertaschentuch und wartete, bis sie geschnäuzt hatte.

Dann versuchte er es noch einmal auf seine Art, die deutlich milder war als die seines ehemaligen Vorgesetzten. Den Ausbilder hatte er sowieso nie leiden können.

„Erzählen Sie mir doch bitte, warum Sie ausgerechnet unsere Bäckerin entführt haben und vor allem, was Sie eigentlich von ihr wollten."

Unter Schluchzen erklärte Silke Sommer, dass sie ein völlig neuartiges Geschäftsmodell verwirklichen wollte, dafür aber die Unterstützung von Trudel Hoffmann benötigte.

„Als sie sich verweigert hat, wusste ich keinen anderen Ausweg, als ihr einen gehörigen Schrecken einzujagen."

„Na, eine Entführung ist ja schon ein bisschen mehr, als bloß ein Schrecken. Wussten Sie das nicht?"

Die Frau sah Hansen zum wiederholten Male erstaunt an. Ihre Augenfarbe schien in der kurzen Zeit, in der Hansen die Frau kannte, noch blauer geworden zu sein. Aber als Polizeibeamter durfte er sich von der attraktiven Optik nicht beeinflussen lassen. Hansen führte das Verhör unbeirrt und ganz professionell weiter.

Die Entführerin gab bereitwillig alles zu. Dass es bei der ganzen Sache um Trudel Hoffmanns Hunsrücker Original *Leckschmier* ging, wie Silke Sommer ihm erklärte, schlug dem Fass dann doch den Boden aus. Wegen des Rezepts von Pflaumenmarmelade einen Menschen zu kidnappen und ihn dabei Todesängsten auszusetzen, war für den Dorfpolizisten einfach unbegreiflich. Hansen schüttelte wiederholt den Kopf, um Silke Sommer gegenüber sein Unverständnis auch nonverbal kundzutun.

„Und wie genau haben Sie sich vorgestellt, von dem Opfer das Rezept zu bekommen?“ Hansen strafte die Entführerin mit einem scharfen Blick.

Statt zu antworten, zuckte die Blondine nur mit den Schultern. Hansen war kurz davor aufzugeben. Seines Erachtens war der Plan, den Silke Sommer verfolgt hatte, ziemlich unausgereift.

„Warum haben Sie sich nicht einfach Pflaumen gekauft, daraus Marmelade gekocht und so lange herumexperimentiert, bis sie nach ihrem Geschmack war?“

Silke Sommers Blick verriet, dass sie diese Möglichkeit noch gar nicht in Erwägung gezogen hatte. Zu dumm, dass man Blödheit nicht bestrafen konnte. Hansen konnte ein Grinsen nicht unterdrücken. Er stellte sich gerade bildlich vor, wie die Frau mit einem Bauchladen versuchte, an der Geierlay ihre Marmeladengläser an den Mann zu bringen.

Wenn sie so gut rechnen konnte, wie logisch denken, dann hätte sie am Ende vermutlich weder Marmelade noch Geld in der Tasche gehabt. Hansen schüttelte den Kopf. Dennoch, die Befragung war noch lange nicht zu Ende. Da war noch einiges, das er gern gewusst hätte.

„Woher wussten Sie überhaupt von dem Gänsestall? Sie sind doch gar nicht von hier.“

Silke Sommer schüttelte den Kopf. „Eigentlich wollte ich die dicke Bäckerin ja gar nicht entführen, sondern nur erschrecken“, schluchzte sie. „Ich hatte mir den Schuppen an der Geierlay-Brücke ausgesucht, da wollte ich sie nur kurz einsperren und das Rezept aus ihr herausquetschen. Aber als ich dann dort ankam, war der Schuppen bereits besetzt.“

„Wie besetzt?“ Auf Hansens Gesicht war ein großes Fragezeichen zu sehen.

„Als ich mir den Schuppen vor ein paar Tagen angeschaut habe, war da noch nix drin außer ein paar Werkzeugen und einem Schrottauto. Ich dachte nicht, dass da noch jemand drin arbeitet. Sah für mich eher ziemlich verlassen aus. Wie einer von den *Lost Place*s, die jetzt alle fotografieren und auf *Instagram* posten."

Silke Sommer schluchzte noch einmal und zog dabei die Nase hoch. Hansen reichte ihr noch ein Papiertaschentuch. Bis er mehr wusste, wollte er sie bei Laune halten.

„Wollen Sie vielleicht einen Kaffee?", fragte er versöhnlich. Silke Sommer nickte dankbar. Mit dem Kopf zu nicken, schien bei ihr ein beliebtes Kommunikationsmittel zu sein. Hansen schaltete den Kaffeevollautomaten ein, den Berger vor einiger Zeit in die Dienststelle gebracht hatte, und wählte ungefragt die Option Latte Macchiato. Silke Sommer sah so aus, als möge sie heiße Milch mit Kaffeegeschmack. Er stellte die Tasse auf den Tisch und setzte sich ihr gegenüber. Hansen war gespannt, was die Entführerin zu berichten hatte. Die Sache mit dem Schuppen interessierte ihn.

„Aber als Sie Trudel dort einsperren wollten, da war jemand in dem alten Schuppen?", bohrte er weiter.

Silke Sommer nickte bestätigend mit dem Kopf. Bevor sie fortfuhr, bat sie Hansen: „Kann ich noch ein bisschen Zucker haben, bitte?"

Hansen öffnete seine Schreibtischschublade und opferte ein Papiertütchen seines privaten Zuckervorrats. Während die Blondine ihren Kaffee umrührte, sah er sie gespannt an. Er wollte wissen, wie es weiterging. „Also, wen haben Sie gesehen?"

„Einen Mann." Silke Sommer leckte den gesüßten Milchschaum vom Löffel ab.

„Jetzt lassen Sie sich doch nicht alles aus der Nase ziehen. Welcher Mann, wie alt, haben Sie ihn gekannt?“ Hansen wurde ungeduldig. So blöd konnte man doch auch nicht sein, wenn man naturblond war. Er holte einmal tief Luft, um sich wieder zu beruhigen. Er musste sich wirklich zusammenreißen. Bei Silke Sommer war es wichtig, sensibel vorzugehen, um etwas aus ihr herauszubekommen. Die Frau schien sehr zart besaitet zu sein. Nicht, dass sie gleich wieder zu heulen anfing. Beschwichtigend nickte er ihr zu.

„Ich hab mich nicht lange aufgehalten. Bin dann auch gleich wieder raus, bevor er mich entdecken konnte.“

„Der Mann hat Sie also nicht gesehen?“

„Nööö, der war beschäftigt.“

Hansen zuckte mit den Schultern. Es konnte doch nicht sein, dass er jetzt fragen musste, womit …

„Also, der hat sich da im Auto zu schaffen gemacht. Mit einem Lappen. Geputzt und so.“

„Und Sie, was haben Sie dann gemacht?“

„Ich bin dann wieder ins Auto. Die dicke Bäckerin saß noch betäubt auf dem Beifahrersitz. Ich wusste nicht, was ich machen sollte. Es war ja schwer genug, die Dicke ins Auto zu kriegen. Als sie angefangen hat, sich zu bewegen, hab ich gedacht, die wird gleich wach. Dann ist alles aus. In voller Panik bin ich dann mit dem Auto durch den Wald, völlig ziel- und planlos. Bis ich auf einmal vor diesem Stall stand. Das war mein letzter Ausweg, ehrlich.“

Hansen schüttelte verständnislos den Kopf. „Was genau Sie mit ihr vorhatten, wissen Sie nicht, oder?“

„Ehrlich gesagt nicht. Ich wollte halt das Rezept …“

„Das sagten Sie bereits.“ Hansen versuchte, irgendwie Richtung in das zu bekommen, was die Entführerin ihm erzählt hatte. Für ihn klang das alles nicht gerade nach einem geplanten Verbrechen. Seiner Meinung nach war Silke Sommer sehr naiv. Dass sie Trudel Hoffmann entführt hatte, konnte man nicht ihrer kriminellen Energie zuschreiben, sondern vielmehr ihrer ausgeprägten Blödheit. Hansen entfuhr ein leises Seufzen. Schade, dass so eine hübsche Erscheinung leider nicht dabei war, als auch Hirn verteilt wurde.

Dennoch blieb er bei seiner Meinung: Für ihre Dummheit musste Silke Sommer büßen. Die Entführung durfte nicht ungestraft bleiben.

„Und was sollte dieses Entführerschreiben? Für wen war das gedacht? Sie wussten doch, dass Trudel Hoffmann alleinstehend ist."

Jetzt war es Silke Sommer, die den Dorfpolizisten erstaunt ansah.

„Aber das war doch klar, dass sie und diese neugierige Journalistin den Brief finden würden."

Hansen war überrascht, verkniff sich aber einen Kommentar.

„Sie sollten mir das Rezept besorgen. Dann hätte ich die Tür vom Gänsestall aufgemacht und fertig. Leider hatte ich dann vergessen, dass ich Sie auf die Mörsdorfer Seite der Brücke bestellt hatte. Ich selbst wartete zur gleichen Zeit vergeblich auf der anderen Seite." Silke Sommer seufzte und raufte sich die Haare. „Es ist einfach alles schiefgelaufen. Ich bin aber auch so schusselig."

Das konnte Hansen nur bestätigen. So viel Blödheit war Hansen in seiner Laufbahn als Polizeibeamter noch selten begegnet. Möglicherweise war Silke Sommer dennoch eine wichtige Zeugin. Er versuchte, noch mehr aus ihr herauszubekommen.

„Also, noch mal zu dem Mann in der Werkstatt. Versuchen Sie, sich zu erinnern. Können Sie ihn beschreiben?"

„Ja, schon. Ich habe ihn ja später noch ein paarmal im Dorf gesehen."

Hansen stockte der Atem. „Und das sagen Sie jetzt?" entfuhr es ihm. Für Silke Sommer vielleicht einen Ton zu laut. Sein Gegenüber zuckte zusammen. Hansen war der Verzweiflung nahe. Was sollte er bloß mit dieser Frau machen?

Doch sein Bauchgefühl sagte ihm, dass die Frau mehr wusste, als sie bisher preisgegeben hatte. Hansen bemühte sich um Verständnis. Er legte ihr beruhigend die Hand auf den Unterarm, um sie zu ermutigen, ihm alles zu erzählen, was auch nur im weitesten Sinne mit der Geschichte zu tun hatte. Es funktionierte. Silke Sommer war plötzlich gar nicht mehr zu bremsen. Und das, was sie zu sagen hatte, war mehr als nur interessant. Es ließ den Mord an Ewald plötzlich in einem ganz anderen Licht erscheinen. Er musste Berger informieren. Vielleicht konnte Hansen den Fehler, den er mit Willis voreiliger Verhaftung gemacht hatte, bald schon wieder gutmachen.

Fünfunddreißig

Die Recherche am Computer hatte länger gedauert als erwartet. Erst am späten Nachmittag machten Franka und Jutta sich auf den Weg durchs Dorf. Das Corpus Delicti führte Franka in der Jackentasche mit sich. Möglicherweise würde es die berühmte Suche nach der Nadel im Heuhaufen werden.

„Wenn wir Glück haben, erinnert sich einer der Vermieter an einen Gast, der eine Jacke mit so einem auffälligen Knopf getragen hat."

Im Gegensatz zu Jutta zweifelte Franka am Erfolg ihrer Mission. „Und wenn wir Pech haben, ist der Gast längst abgereist, ohne bleibenden Eindruck zu hinterlassen."

„Pessimismus steht dir nicht", rügte Jutta die Freundin und kniff ihr in die Seite. „Wenn wir nichts finden, können wir immer noch Trübsal auf Noten blasen."

„Du hast recht. Einen Versuch ist es allemal wert."

Die erste Anlaufstelle der beiden war die Pension Hildegard, ein familiengeführtes kleines Haus mit nur fünf Gästezimmern. Die ältliche Gastgeberin schaute sich den Knopf, den Franka ihr vor die Nase hielt, ganz genau an. „Nein. Von meinen Gästen hat niemand eine Jacke mit solchen Knöpfen getragen. Das wäre mir aufgefallen", versicherte Hildegard den Besucherinnen.

Franka entschuldigte sich für die Störung, bedankte sich höflich und ging weiter. Dass Hildegard gar nicht wissen wollte, wieso man sie danach fragte, verwunderte Franka. Aber es war eben nicht jeder so neugierig wie sie selbst. Als Vermieterin war es sicher manchmal besser, nicht alles zu wissen.

Leider erhielten die beiden Hobby-Ermittlerinnen in den folgenden Gästehäusern ganz ähnliche Antworten. Niemand schien einen Gast beherbergt zu haben, der eine Jacke mit derart auffälligen Knöpfen getragen hatte. Frankas Mut sank von Minute zu Minute. Zwei Möglichkeiten standen allerdings noch aus. Darunter die Dorfwirtschaft, die auch Gästezimmer vermietete. Bei dem Gedanken an ein kühles Blondes stieg Frankas Laune schlagartig an. „Lass uns bei Egon ein Bier trinken", schlug sie vor. Jutta, die bereits Klaus-Dieters Auto vor dem Wirtshaus erspäht hatte, willigte nur allzu gerne ein.

Die Dorfwirtschaft war für einen gewöhnlichen Wochentag gut besucht. Die beiden Frauen gesellten sich zu

Klaus-Dieter an die Theke und ließen sich bereitwillig von ihm zu einem herben Eifler Bräu überreden.

Als Egon das Bier vor Franka abstellte, zeigte sie ihm unauffällig den Knopf.

Augenblicklich veränderte sich Egons Miene. „Was ist damit?“, fragte er.

Franka nahm Egon beiseite und erklärte ihm kurz, um was es ging. Er war der Erste der Befragten, der wissen wollte, was los war. Egon schob Franka vor sich her in den Nebenraum und rief nach seiner Frau.

„Zeig ihr den Knopf.“

Franka tat, was Egon von ihr verlangte. Wortlos nickte Resi ihrem Mann zu. Egon verschwand wieder im Gastraum, während Franka mit Resi allein zurückblieb. Resi griff nach dem Knopf und drehte ihn nachdenklich in der Hand.

„Ja. Der ist schon auffällig. Genau wie der Typ, dem er gehört“, sagte sie.

„Du erinnerst dich an den Knopfträger?“ Franka schmunzelte über ihre kreative Wortwahl.

Aber Resi schien das nicht zu stören. Sie wusste ja, was gemeint war und nickte bestätigend mit dem Kopf. „Der Kerl kam mir von Anfang an irgendwie seltsam vor. Seltsam fremd und doch bekannt. Weißt du, was ich meine?“

Franka wusste nicht, was sie meinte, nickte aber, damit Resi weiterredete.

„Also freundlich war der schon irgendwie, aber dennoch hatte er etwas Angsteinflößendes.“ Resi atmete schnell, während sie sprach, und bekam vor Aufregung ganz rote Backen.

„Ist er noch da?“

„Offiziell abgereist ist er jedenfalls noch nicht. Es sei denn, er hat die Zeche geprellt. Das würde uns gerade noch fehlen. Erst ein versemmeltes Oktoberfest und jetzt noch ein Zechpreller."

„Resi, mal nicht gleich den Teufel an die Wand. Ist er da oder nicht?"

„Moment", antwortete Resi und verließ kurz den Raum. Als sie zurückkam nickte sie wiederum bestätigend mit dem Kopf. „Ist noch da. Jedenfalls sind seine Klamotten noch im Zimmer. Er selbst scheint ausgegangen zu sein."

„Hmm." Franka überlegte, was sie tun sollte. Das schien Resi wiederum zu beunruhigen. „Was ist mit dem Mann? Müssen wir Angst haben?"

Franka zuckte mit den Schultern. „Keine Ahnung. Auf alle Fälle ist es besser, wenn ich Jan verständige. Sind noch andere Gäste im Haus?"

„Zurzeit nicht. Er ist der Einzige, der nach der Absage des Festes noch geblieben ist."

„Ich sehe mich mal in seinem Zimmer um."

„Bist du irre?"

„Keine Sorge. Ich bin vorsichtig. Wenn du Schmiere stehst, kann nichts schiefgehen."

Resi machte nicht den Eindruck, als sei sie sonderlich überzeugt von Frankas Vorhaben.

„Ich will einfach sicher sein. Stell dir vor, die Kripo aus Koblenz rückt hier an und es ist nix dran an unserem Verdacht."

Das Argument überzeugte Resi. Sie willigte ein, so lange aufzupassen, bis Franka das Zimmer durchsucht hatte. „Aber beeil dich. Bitte. Und sei vorsichtig."

Die hölzerne Treppe knarzte, als Franka hinter der Wirtsfrau nach oben ging. Vor dem Zimmer mit der Nummer sieben blieben sie stehen. Frankas Herz pochte. „Bist du auch ganz sicher, dass er weg ist?"

Resi nickte. Vorsichtshalber klopfte sie an die Tür und rief lautstark: „Zimmerservice. Ich bringe frische Handtücher."

Als niemand antwortete, drehte sie den Schlüssel im Schloss und öffnete die Tür.

Durch die geöffneten Vorhänge fiel das Licht der Straßenlampe in den Raum. Es war hell genug, um sich umzusehen.

Es dauerte nicht lange, bis Franka eine Jacke entdeckte, an der ein Knopf fehlte. Franka verglich die verbliebenen Knöpfe mit dem Corpus Delicti. Volltreffer! Allein das genügte, um Jan zu informieren. Dass sich in einem geflochtenen Korb allerlei Werkzeuge vom Hammer bis zum Schlachtmesser befanden und in einer Sporttasche unter dem Bett ein Jagdgewehr versteckt war, wertete Franka als Zugabe. Sie verließ schnell den Raum und folgte Resi wieder nach unten. Bevor sie in den Gastraum zurückkehrte, informierte sie Jan.

Jutta hatte sie noch nicht vermisst. Sie war mit Klaus-Dieter so ins Gespräch vertieft, dass sie Franka erst bemerkte, als sie nach ihrem Bier griff und das Glas in einem Zug leerte.

Sechsunddreißig

Von der Pension aus hatte er einen guten Blick auf den Friedhof des Dorfes. Manfred stand am Fenster seines Zimmers und schaute hinaus auf den Dorfplatz, während er den Lauf seines Jagdgewehrs putzte. Zuerst von außen mit einer Zahnbürste, die er extra für diesen Zweck eingepackt hatte. Anschließend besprühte er ein kleines Filzläppchen mit Spezial-Büchsenreiniger, setzte den durchtränkten Lappen auf den Putzstock mit dem kugelgelagerten Griff und drückte den Stock durch den Lauf. Immer vom Patronenlager in Richtung Mündung. Das war wichtig, um das Laufinnere von Schmauch zu befreien und somit die Treffgenauigkeit der Büchse zu garantieren. Sorgfältig wiederholte Manfred den Reinigungsvorgang rund zwanzig Mal. Aus Erfahrung wusste er, dass nur eine anständige Reinigung die Präzision und Funktionssicherheit seiner Flinte gewährleistete. Und das war für sein Vorhaben von immenser Wichtigkeit.

Er sah durch das Zielfernrohr. Die Sicht auf die Grabreihen war frei. Am späten Nachmittag waren nur wenig Menschen unterwegs. Es gab also niemanden, der ihm sprichwörtlich vor die Flinte kam. Manfred nahm probehalber einen der aufrecht stehenden Grabsteine ins Visier. Die Strahlen der tiefstehenden Sonne reflektierten auf dem glänzenden Marmor und blendeten ihn. Manfred kniff die Augen zusammen.

Er war ein guter Schütze. Auf diese geringe Entfernung sollte er eigentlich jedes gewünschte Ziel problemlos treffen. Zumindest solange ihm die Sonne kein Schnippchen schlug. Doch das war unwahrscheinlich. Im Dorf hatte er erfahren, dass die Beerdigung vormittags stattfand. Der Stand der Sonne, falls sie an dem Tag überhaupt schien, würde ihm also keine Schwierigkeiten machen.

Ein letztes Mal zog Manfred den Reiniger durch den Lauf und pustete, um seine Arbeit endgültig abzuschließen, einmal kräftig hindurch. Dann stellte er das Gewehr mit dem Lauf nach unten in den leeren Kleiderschrank. Für die Büchse der geeignetste Platz. Manfred hatte sich nicht die Mühe gemacht, seine Kleidung aufzuhängen und ordentlich im Schrank zu verstauen. Er hatte Wichtigeres zu tun.

Die Büchse hatte bis zu dem Zeitpunkt, in dem er sie zum Säubern auspackte, noch immer in der Sporttasche, die er unter dem Bett deponiert hatte, gelegen. Manfred hoffte, dass die Wirtin beim Herumschnüffeln nicht darauf gestoßen war. Zwar hatte er sich bei seiner Ankunft in der

Pension ausbedungen, die Reinigung seines Zimmers zu unterlassen. Doch ihm war aufgefallen, dass die Nasszelle in seiner Abwesenheit mit frischen Handtüchern bestückt wurde. Das war ärgerlich, aber nun nicht mehr zu ändern. Es war ohnehin sein vorletzter Tag in diesem Kaff. Sobald er den Schuss abgegeben hatte, würde er dem Hunsrück für immer den Rücken kehren. Wenn er seine Mission erfüllt hatte, galt es, keine Zeit zu verlieren. Manfred holte die Reisetasche unter dem Bett hervor und stellte sie griffbereit auf den Hocker neben der Tür.

Er rückte einen Stuhl vor dem Fenster zurecht, sodass er bequem darauf sitzen konnte, wenn der Lauf des Zielfernrohrs auf die Grabstätte ausgerichtet war. Dann legte er zwei Patronen akkurat nebeneinander auf das Fensterbrett. Zufrieden schaute er sich um. Ja, so würde es funktionieren. Seine Seele hatte ihr Ziel, endlich Frieden zu finden, schon fast erreicht. Mit einer gewissen Erleichterung verließ Manfred das Zimmer. Er schloss von außen ab und hängte vorsichtshalber das Türschild an die Klinke. Und zwar so, dass die Aufschrift *Bitte nicht stören* schon von Weitem gut zu sehen war.

Siebenunddreißig

Ewalds Beerdigung fand unter größten Sicherheitsvorkehrungen statt. Berger hatte Scharfschützen und ein Sondereinsatzkommando aus der Landeshauptstadt angefordert. So etwas hatte es in Mörsdorf noch nicht gegeben. Für die Augen der unbeteiligten Dorfbewohner waren die Sicherheitskräfte, die sich an strategisch wichtigen Stellen platzierten, allerdings unsichtbar. Für die Allermeisten blieb deren Anwesenheit also ein Geheimnis. Außer der Polizei waren nur Trudel, Franka und Jutta sowie zwangsläufig auch Klaus-Dieter eingeweiht.

Nach dem Trauergottesdienst in der Pfarrkirche – wie fast alle Dörfler war auch Ewald katholisch – setzte sich der Trauerzug in Bewegung. Angeführt von Pfarrer Arenz und zwei Messdienern folgten Freunde und Bekannte des Verstorbenen dem Sarg mit Ewalds Leichnam bis zum Friedhof.

Frankas Herz pochte wie wild. Sie schaute sich um, konnte aber nichts Ungewöhnliches entdecken. Allerdings sah sie auch keine Sicherheitskräfte. Es beruhigte sie, Jan an ihrer Seite zu haben. Unauffällig nahm er ihre Hand und drückte sie leicht. „Mach dir keine Sorgen, wir haben alles im Griff", raunte er ihr zu.

Der Pfarrer hatte Stellung am Grab bezogen. Der Sarg schwebte bereits über dem dafür vorgesehenen Loch, in das Ewald alsbald hinuntergelassen werden sollte. Franka fand den Gedanken daran, in einer Holzkiste zu liegen und mit tonnenweise Erde bedeckt zu werden unangenehm.

„Ich möchte später verbrannt werden", flüsterte sie Jan leise ins Ohr.

„Aus der Erde sind wir genommen, zur Erde sollen wir zurückkehren. Erde zu Erde. Asche zu Asche. Staub zu Staub." Als die letzten Worte des Pfarrers verklungen waren, stimmte der Kirchenchor das Lied *Wir sind nur Gast auf Erden* an. Trudel hatte es sich nicht nehmen lassen, die Sänger mit ihrer Altstimme zu unterstützen. Jetzt stand sie da, mit vom Weinen geröteten Augen und schmetterte dennoch voller Inbrunst das Kirchenlied.

Ewald gehörte sicherlich nicht zu den beliebtesten Leuten im Dorf. Dennoch waren einige Menschen gekommen, um ihm das letzte Geleit zu geben. Es gehörte sich einfach, dass aus nahezu jedem Haushalt eine Person an der Beisetzung teilnahm. Zumindest bei den Alteingesessenen war das Usus.

Franka schaute sich unter den Trauergästen um. Die meisten kamen aus dem Dorf und sie kannte sie vom Sehen. Ihr fiel eine kleine blonde Frau auf, die direkt am Grab stand. Das musste Agnes sein. Sie trug ein schickes schwarzes Kleid mit einem Umhang sowie passende Pumps. Mit diesen Absätzen hätte Franka sich das Genick gebrochen. Es war nicht einfach, auf dem Kiesweg zwischen den Gräbern die Balance zu halten. Aber Agnes schien an Stöckelschuhe gewöhnt zu sein. Sie meisterte ihre Aufgabe mit traumwandlerischer Sicherheit.

Nachdem die Gemeinde gemeinsam das *Vater unser* gebetet und der Pfarrer den Sarg gesegnet hatte, gab der Geistliche die Grabstätte für die Angehörigen frei. Agnes machte einen Schritt nach vorn. Franka sah, wie sie plötzlich strauchelte und zu Boden ging. Der Schuss war erst im Nachhinein zu hören.

Ein Raunen ging durch die Trauergemeinde. Erschrocken wichen einige ein paar Schritte zurück. Berger reagierte blitzschnell. Er zückte ein Walkie-Talkie und Sekunden später waren Sanitäter vor Ort, die sich um Agnes kümmerten. Berger raunte Hansen eine Dienstanweisung zu und verließ im Laufschritt den Friedhof. Franka schaute ihm nach und sah, wie er in Richtung Dorfplatz eilte.

*

Als Berger den von den Einheimischen als Port bezeichneten Dorfplatz erreichte, hatten die Sicherheitskräfte ihre Arbeit bereits erledigt. Für die Experten war es ein Kinderspiel, herauszufinden, von wo der Schuss kam. Sie stürmten die Dorfwirtschaft und nahmen Manfred, der noch mit dem

Jagdgewehr am offenen Fenster stand, in Gewahrsam. Der Einsatz dauerte insgesamt nur wenige Minuten. Resi stand mit offenem Mund in der Küchentür. In der Hand hielt sie ein Küchenhandtuch. Der Teller, den sie hatte abtrocknen wollen, war ihr vor Schreck aus der Hand gefallen. Unfähig, sich zu bewegen, beobachtete sie, was geschah.

Berger empfing den Tatverdächtigen am Eingang der Kneipe.

Manfred strafte den Kommissar mit einem bösen Blick. „Brunzbieselbleeder-Zipfelklatscher", fluchte er in tiefstem Niederbayerisch. Berger erwiderte die Begrüßung nicht. Stattdessen ließ er die Handschellen sprechen.

Achtunddreißig

„Waaarum?", brüllte Berger. Der Kommissar war außer sich und schlug mit der flachen Hand auf den Tisch. Manfred zuckte zusammen.

„Das verstehen Sie nicht", antwortete er leise.

„Nein. In der Tat verstehe ich das nicht. Erklären Sie es mir. Vielleicht haben Sie dann noch eine realistische Chance auf Strafmilderung."

Berger war gespannt auf das, was Manfred ihm zu sagen hatte. Im Lauf seiner gesamten Karriere als Kriminalist war ihm so etwas noch nicht untergekommen. Der Mörder kannte sein Opfer gar nicht, hatte es dennoch gezielt ausgesucht. Die Frage nach dem Warum ließ Berger nicht los. Der Kommissar rückte den Stuhl im Vernehmungsraum ein wenig vom Tisch ab und setzte sich dann Manfred genau gegenüber.

Er wartete. Berger war zornig, wollte dem Angeklagten aber genügend Zeit lassen, um sich zu sammeln. Bei allem

Unmut, den er gegen den Mann hegte, musste er zugeben, dass es manchmal gar nicht so einfach war, die eigene Geschichte in Worte zu fassen.

Wo fing man da an?

Diese Frage schien auch sein Gegenüber zu bewegen. Berger platzierte das Aufnahmegerät und beobachtete Manfred ganz genau. Wie er dasaß, in ledernen Hosen und kariertem Trachtenhemd. Dass er niemandem im Dorf aufgefallen war, konnte nur daran liegen, dass zum Oktoberfest immer wieder Gäste im Trachtenlook aufkreuzten.

Manfreds Haut war gebräunt und ließ ihn jünger aussehen, als er war. Auch sein modischer Hipster-Bart trug das Seine dazu bei. Ein Blick in die Ausweispapiere verriet Berger allerdings, dass der Mann seinen vierundsiebzigsten Geburtstag bereits gefeiert hatte. Berger schaute sich den Mann genauer an. Nein, wie ein Mittsiebziger sah er wirklich nicht aus. Auch körperlich schien er noch fit zu sein.

Berger bemerkte, dass Manfreds Brustkorb sich schnell hob und senkte. Ganz so abgebrüht, wie Berger dachte, war der Kerl dann wohl doch nicht.

Nach einer gefühlten Ewigkeit räusperte Manfred sich. Ein untrügliches Zeichen dafür, dass es bald losgehen würde. Berger schlug die Beine übereinander, verschränkte seine Arme und senkte den Blick. Mehr Vorlagen konnte er dem Mörder beim besten Willen nicht bieten. Nun hieß es abwarten. Entweder der Mann lieferte ihm demnächst ein Motiv oder Berger hatte ein Problem. Die Indizienlage für den Mord an Ewald war zu schwach, als dass ein Staatsanwalt einer Untersuchungshaft zugestimmt hätte. Bei der versuchten Tötung von Ewalds Schwester sah es schon etwas besser aus. Immerhin hatte man Manfred mit der Waffe in der Hand festgenommen. Die abgefeuerten Patronen der Waffe zuzuordnen, mit der geschossen wurde, war für die Leute von der KTU ein Kinderspiel.

Während Berger weiter artig abwartete, schweiften seine Gedanken ab. Er dachte an Trudels Entführung. Jetzt hatte die Aufklärung des Mordes ganz klar Vorrang.

Die Frage, warum Ewald sterben musste, drängte sich wieder in sein Hirn. Sein Gefühl sagte ihm zwar, dass der Mann, der vor ihm saß, derjenige war, der Ewald in voller Absicht heimtückisch getötet hatte. Aber ein Geständnis hatte er noch nicht. Einen Betrunkenen zu überfahren, war wirklich keine Tat, mit der man sich brüsten konnte. Auf eine ahnungslose Angehörige zu schießen allerdings auch nicht.

Berger wandte den Blick nicht von seinem Gegenüber. Doch Manfred schwieg beharrlich. Äußerlich wirkte er ruhig, innerlich schien es in ihm zu toben. Berger sah, wie Manfreds Atmung immer schneller wurde. Der Mann schien mit seinem inneren Schweinehund zu ringen. Wahrheit oder Schweigen. Was würde siegen?

Schließlich zeigte Manfred eine Reaktion, indem er seine Hände auf den Tisch legte. Berger schaute ihn erwartungsvoll an. Doch sonst passierte nichts. So würde das nie und nimmer funktionieren. Berger war wirklich ein geduldiger Mensch, aber alles hatte seine Grenzen. Um endlich zu erfahren, was er wissen wollte, musste er dem Mörder eine Brücke bauen.

„Sie haben den Mann, den Sie überfahren haben, vorher in Ihrem Leben noch nie gesehen. Ist das richtig?“

Manfred nickte.

„Sie müssen sprechen“, erklärte Berger. „Ein Kopfschütteln oder Nicken nimmt das Aufnahmegerät nicht wahr.“

Manfred schaute Berger verwundert an, aber er schien zu verstehen: „Ich habe den Mann vorher noch nie gesehen“, sagte er.

Erst jetzt bemerkte Berger den unverkennbar bayrischen Akzent des Mannes. Immerhin war es der erste vollständige Satz, der über die Lippen des Tatverdächtigen kam. Für einen kurzen Moment war Berger irritiert, dennoch führte er das Verhör ganz souverän fort. „Aber warum um alles in der Welt wollten Sie ihn dann umbringen? Was hat der Mann Ihnen getan?“

Wieder herrschte Stille. Manfreds Hände verkrampften sich auf dem Tisch.

Berger witterte seine Chance. Mit betont ruhiger Stimme sagte er: „Erklären Sie es mir, bitte.“

Manfred schien genau darauf gewartet zu haben, dass man ihn um etwas bat. Er hob den Kopf, schaute Berger an und nickte. Leise, fast flüsternd, fing er an zu reden.

Manfred erzählte Berger die ganze lange Geschichte. Angefangen damit, als Anton Philipps aus Mörsdorf im Jahre 1944 auf einem Güterzug, der mit Kohlen beladen war, ins bayerische Weiler fuhr, um dort bei einem Holzkommando seinen Kriegsdienst abzuleisten.

Bayern 1944

Es war Liebe auf den ersten Blick. An Cilli dachte Anton in den kommenden Monaten kaum. Er fühlte sich wohl, trotz des Frondienstes. Anton empfand die anstrengende Arbeit nicht als Strafe. Er arbeitete gern im Wald. Mit Bäumen kannte er sich aus. Die Arbeit ging ihm leicht von der Hand. Und der Gedanke daran, dass die schöne Marie auf ihn wartete, wenn er durchgeschwitzt und voller Sägemehl am Abend zum Rautenhof zurückkehrte.

„Wieso kriegt der do die guade Vollmilch und I, I muss d' Mogermuich saufen?" Maries Großvater empörte sich mehr als einmal darüber, dass Anton augenscheinlich bevorzugt wurde. Doch weder Marie noch Anton reagierten auf das Murren des Alten. Seit Jahrzehnten lebte die Familie von der Holzwirtschaft. Inzwischen waren Großvater und Enkelin allein auf dem Hof. Maries Mutter war bei deren Geburt gestorben. Der Vater schon in den ersten Kriegstagen gefallen. Wegen der familiären Situation hatte man dem Alten Unterstützung bei der Waldarbeit zugesagt. Das Schicksal hatte dafür gesorgt, dass Anton diese Hilfe war. Marie war glücklich wie nie zuvor in ihrem Leben.

Vor allem an den Sonntagen, wenn nicht gearbeitet wurde. In der Früh griff Marie nach ihrem feschen grünen Lodenhut mit der kleinen bunten Feder. Beim Aufsetzen musste sie den Kopf ein wenig neigen, damit Hut und Feder die Zimmerdecke nicht berührten. Das hatte aber auch zur Folge, dass der Sonntagshut ein wenig schief auf Maries Kopf saß und ihrem Aussehen damit eine besondere Note verlieh. Anton liebte es, wenn Marie den schiefen Hut trug.

Die Wochen zogen ins Land. Es wurde Herbst. Die Jahresernte war längst eingefahren. Doch ganz gleich, wie schlecht die Zeiten auch sein mochten, auf das traditionelle Oktoberfest wollte man in Weiler nicht verzichten. Auch wenn so gut wie alle Männer im Krieg waren. Die Alten, Frauen und Kinder trugen das zusammen, was sie hatten und feierten, was das Zeug hielt. Vier junge Frauen hatten sich sogar zu einer Band formiert und spielten auf. Marie und Anton ließen keinen Tanz aus. Marie war klug genug, ihren Anton nicht aus den Augen zu lassen. Männer waren hier Mangelware. Da galt es, festzuhalten, was man hatte.

Es war spät, als die beiden gemeinsam das Fest verließen. Bis zum Rautenhof kamen sie allerdings nicht. Geradezu verlockend bot sich der Heuschober auf dem Nachhauseweg für ein Schäferstündchen an. Für ihr erstes Mal gab Marie sich gern dem erfahrenen Anton hin. Sie dachte nicht im Traum daran, dass er einmal nicht mehr da sein würde und Marie neun Monate später ihr uneheliches Kind allein zur Welt bringen musste.

Eines Tages war Anton verschwunden. Er hatte sich einfach aus dem Staub gemacht. In welche Lage er Marie damit brachte, ahnte er nicht. Genauso wenig wie er ahnte, dass unter ihrem Herzen bereits neues Leben zu wachsen begann. Anton blieb verschwunden. Irgendwann konnte Marie ihren dicken Bauch nicht mehr verstecken. Von dem Moment an begann der Spießrutenlauf. Noch vor Manfreds Geburt musste Marie Haus und Hof verlassen. Sie kam bei einem Bauern im Dorf unter, der sie bis zur Stunde der Niederkunft als Dienstmagd schuften ließ. Kaum war die Nabelschnur durchtrennt, musste Marie zurück in den Stall, um die Kühe zu melken.

Ihr Leben wurde erst besser, als Marie viele Jahre später – Manfred war damals schon herangewachsen – den wohlhabenden Hans kennenlernte, der in Weiler in der Sommerfrische war. Hans machte es nichts aus, dass Marie in jungen Jahren ein uneheliches Kind bekommen hatte und nahm sie, allen Unkenrufen zum Trotz, zur Frau.

Die drei zogen aus Weiler fort. Von da an hatte die Mutter ein gutes Leben. Auch für Manfred besserten sich die Zeiten. Mit einem Ehemann an Mutters Seite traute sich niemand mehr, ihn zu hänseln. Die Wut über das Geschehene brodelte dennoch in Manfred weiter. Sobald er Namen und Anschrift von Anton Philipps erfuhr, machte er sich auf den Weg in den Hunsrück. Damals war Anton bereits verstorben. Aber seine Kinder lebten noch. Noch. Die Ähnlichkeit zwischen ihm und seinen Halbbrüdern war verblüffend. Bei einem führte der Schreck, ihn zu sehen, schon zum Herzinfarkt, bei dem anderen musste Manfred schon nachhelfen. Aber er machte es so geschickt, dass niemand auf die Idee kam, dass es sich um einen Mord handelte. So hatte es eigentlich auch bei Ewald aussehen sollen. Doch das Schicksal wollte es anderes …

*

Hier endete Manfreds Geschichte. Mehr als eine Stunde lang hatte er ununterbrochen geredet. Hin und wieder hatte er sich eine Träne von der Wange wischen müssen. Berger hatte ihm dafür sogar ein Papiertaschentuch geholt und vor ihn auf den Tisch gelegt.

Der Kommissar hatte ihn verstanden. Man musste sich in die damalige Zeit zurückversetzen. Heute war das alles kein Problem mehr. Ein uneheliches Kind, na und? Aber damals war das anders.

Manfreds Mutter, die schöne Rauten-Marie, hatte ein Leben lang darunter gelitten, dass sie einmal unvernünftig gewesen war. Und ihrem Bastard, als der Manfred in seinem Dorf verschrien war, war es ebenso gegangen. Er wollte sich endlich dafür rächen, was die Familie ihm und seiner Mutter angetan hatte. Er hatte der Mutter versprechen müssen, die Sache auf sich beruhen zu lassen. Nie hatte sie den Namen des Vaters preisgegeben. Solange sie lebte, hielt Manfred sich auch an die Abmachung, nicht nach ihm zu suchen. Aber nach dem Tod der Mutter ließ Manfred der Gedanke an Rache nicht mehr los. Dank des weltweiten Netzes war es leicht, herauszufinden, wer ein Jahr vor Kriegsende zum Holzkommando im bayerischen Weiler gehörte. Manfred musste nur eins und eins zusammenzählen, bis er auf Anton Philipps stieß.

Leider war sein Erzeuger damals schon tot. Ob er von seiner – also Manfreds – Existenz überhaupt etwas wusste, blieb unklar. Angeblich hatte die Mutter ihm geschrieben und auch ein Foto mitgeschickt, das sie mit ihm im Babyalter zeigte. Aber ob Anton den Brief je erhalten hatte, war ungewiss. Vielleicht hatte Antons Frau die Post abgefangen und den Brief verbrannt.

Als Kind hatte Manfred nie verstanden, warum er von den Leuten im Dorf abgelehnt und gehänselt wurde. Erst als Heranwachsender hatte sein Großvater ihn einmal zur Seite genommen und es ihm erzählt. Danach wurde nie wieder darüber gesprochen. Manfreds Fragen blieben unbeantwortet. Bis er den Namen seines leiblichen Vaters herausbekam, vergingen noch einmal sehr viele Jahre. Als später, lange nach dem Tod der Mutter, zwei Fremde auf dem Hof auftauchten, die sich nach ihr erkundigten, vermutete Manfred, dass es sich um weitere – allerdings eheliche – Kinder seines Erzeugers handelte. Sein Hass gewann an Fahrt und wurde immer stärker. Bis er nicht mehr anders konnte, als …

„Aber, dass Antons eheliche Kinder nichts dafür können, ist Ihnen schon klar?“, unterbrach der Kommissar seine Gedanken. Manfred verstand nicht, was Berger jetzt noch von ihm wollte. Er wandte sich ab und legte den Kopf zur Seite. Er hatte alles gesagt, was zu sagen war. Von jetzt an zog er es vor zu schweigen.

Neununddreißig

Als Berger in der Bäckerei auftauchte, waren die meisten Trauergäste schon gegangen. Franka und Jutta waren gerade dabei, Trudel beim Abräumen der Tische zu helfen. Als Trudel Bergers Erscheinen bemerkte, ließ die Bäckerin alles stehen und liegen und bat alle Anwesenden, sich wieder zu setzen, und tischte noch einmal ordentlich auf. Im Handumdrehen zauberte Trudel eine Servierplatte mit Kuchen und Schnittchen herbei. So, als hätte sie geahnt, dass Berger genau dann auftauchen würde, wenn der Leichenschmaus bereits beendet war.

Berger kam natürlich nicht umhin, zu berichten, was Manfred zu den Straftaten veranlasst hatte. Seine traurige Geschichte löste allgemeine Betroffenheit aus. „Irgendwie tut er mir leid“, bedauerte ausgerechnet Trudel, die in den vergangenen Tagen selbst genug durchgemacht hatte.

Natürlich hatte sich auch längst herumgesprochen, dass Silke Sommer diejenige war, die Trudel entführt hatte. Die Bäckerin war empört. „Und das nur, weil die dumme Pute an das Rezept von meiner *Leckschmier* wollte. Es ist doch nicht zu glauben“, echauffierte sie sich.

Berger, der sich eben ein Stück Streuselkuchen in den Mund geschoben hatte, beteuerte mit vollem Mund: „Sie wird einen Prozess bekommen. Das ist doch klar.“

Trudel legte ihre fleischige Hand auf Bergers Unterarm. „Ach wissen Sie, Herr Kommissar. Ich sehe das nicht so eng. Eine Strafe soll sie schon kriegen. Man entführt schließlich keine Menschen. Immerhin hat sie mich aus reiner Habgier in Todesangst versetzt. Auch wenn ich ziemlich schnell wusste, dass sie dahinter stecken würde.“

Berger sah Trudel verblüfft an. „Ich dachte, wegen der Augenbinde konnten Sie nix sehen."

„Das stimmt schon." Trudel lächelte süffisant. Aber dieses süßliche Parfum, das die Dame trägt, hat sie verraten. Schon als sie mich im Laden besuchte, um mich nach dem Rezept auszufragen, fand ich den Geruch unerträglich. Wenn man unentdeckt bleiben will, sollte man weniger auffällig riechen."

Berger grinste. „Vor Gericht wird sie dennoch kommen."

Trudel nickte zustimmend. Sie schien die Sache aber bereits ad acta gelegt zu haben. Sie schenkte Berger Kaffee nach und fragte: „Noch ein Stückchen Kuchen?"

Berger nahm dankend an.

„Eigentlich könnten wir zwei uns auch duzen. Was halten Sie davon?" Trudels Frage kam unvermittelt, aber Berger willigte gerne ein. Er mochte Trudel fast genauso gern wie ihre Kuchen. Die beiden stießen mit ihren Kaffeetassen auf Brüderschaft an. Auf den anschließenden Bruderkuss verzichtete Trudel glücklicherweise. Dafür hatte sie keine Zeit mehr. Trudel war gedanklich schon beim nächsten Thema: „Alles hat ja auch sein Gutes", gab sie unvermittelt von sich.

Franka, Jutta und Jan Berger sahen Trudel fragend an.

„ Diese Silke Sommer hat mich auf eine Idee gebracht. Wartet mal kurz."

Trudel verschwand hinter der Theke und kam mit einem Serviertablett zurück, auf dem vier Gläser standen.

„Gibt es was zu feiern?", wollte Franka wissen.

„So ähnlich", antwortete Trudel schmunzelnd und reichte ihren Gästen jeweils ein Glas. „Probiert das mal."

Nach dem ersten Schluck waren alle drei begeistert. „Sehr lecker, was ist das?"

„Das, ihr Lieben, ist Moselsecco von der Winzerin meines Vertrauens mit einem kleinen Schuss … Na, was denkt ihr?

„Doch nicht etwa *Leckschmier*?“ Berger lachte laut auf.

„Ganz genau. Und wisst ihr, wie ich es nenne?“ Ohne eine Antwort abzuwarten, sagte Trudel: „*Sommerliebe*. Das ist doch eine geniale neue Geschäftsidee, die ich dieser Schickse zu verdanken habe. Was meint ihr? Im Sommer gibt es die *Sommerliebe* mit Secco, im Herbst und Winter mache ich Glühwein daraus.“ Trudel strahlte über das ganze Gesicht, als sie ihre Idee verkündete.

„Na dann, Prost“, sagte Franka fröhlich und ließ sich gerne noch einmal nachschenken.

Tatsächlich erwies sich die von Silke Sommer geklaute Idee, aus Trudels Original *Hunsrücker Leckschmier* ein neues Getränk zu kreieren, als Erfolgsmodell. Trudel landete mit der Geschäftsidee sogar auf der roten Couch der *SWR*-Landesschau und konnte dem Fernsehpublikum ihre ganze Geschichte erzählen. Von ihrer Jugendliebe zu Ewald bis zur Entführung und der Erfindung eines neuen In-Getränks. Dabei ließ sie es sich natürlich nicht nehmen, auch Werbung für Mörsdorfs Hängeseilbrücke zu machen.

Eine regionale Krimiautorin kaufte ihr später sogar die Rechte an der Geschichte ab und verarbeitete sie in einem Roman. Was Trudel zusätzlich zu einer gewissen Berühmtheit verhalf. Die Wand im Verkaufsraum der Bäckerei füllte sich schneller mit Autogrammen bekannter Persönlichkeiten, als sie zu hoffen gewagt hatte. Trudels Brückencafé fand Erwähnung in zahlreichen Reiseführern und kaum ein Besucher ließ es sich nehmen, bei ihr einzukehren. Nicht zuletzt wegen der Sommerliebe und den mit *Leckschmier* gefüllten Hefeklößen.

Vierzig

Agnes blieb noch ein paar Tage in Mörsdorf, nachdem sie sich von dem Schock erholt hatte. Sie ließ sich von Trudel verwöhnen und entdeckte die Liebe zu ihrer alten Heimat wieder. Dank der schusssicheren Weste, die die Polizei ihr vor der Beerdigung angelegt hatte, war sie sprichwörtlich mit dem Schrecken davon gekommen.

Trotz allem, was ihr Halbbruder ihr und ihrer Familie angetan hatte, wollte sie ihn in der U-Haft besuchen und sich mit ihm aussprechen. Sie konnte verstehen, dass er verletzt war. Nicht aber, dass er seine Halbgeschwister lieber umbrachte, als mit ihnen zu reden. Mit dem, was Manfred alles auf dem Kerbholz hatte, würde er so schnell nicht mehr auf freien Fuß gesetzt werden.

Ohne das Zutun von Hansen und Franka wären die Fälle möglicherweise nicht so schnell aufgeklärt worden. Berger bedankte sich bei seinen Mitarbeitern, bevor er wieder nach Koblenz aufbrechen musste. Es wartete jede Menge Arbeit auf ihn. Der Friedhofsmörder lief noch immer frei herum, obwohl die SoKo auf Hochtouren arbeitete.

Willi wurde in Sosberg mit großem Bahnhof empfangen. Nach dem Aufenthalt im Krankenhaus wurde er zwar kurzzeitig in der *Rhein-Mosel-Fachklinik* in Andernach aufgenommen, konnte aber schnell nach Hause entlassen werden. Für den Mord an Ewald wurde er nicht zur Verantwortung gezogen. Manfreds Geständnis sowie die eindeutige Indizienlage entlasteten ihn und bewiesen seine Unschuld. Friedhoff und Sosbergs Bürgermeister hielten ihr Versprechen und sorgten dafür, dass man ihm den Weg zurück in die Dorfgemeinschaft nicht verwehrte.

Auch für Jutta hieß es Abschied nehmen. Jan und Franka begleiteten sie nach unten. Jutta fiel der Abschied vom Hunsrück schwerer als erwartet, was nicht zuletzt Klaus-Dieters Schuld war. Jutta hatte ganz wässrige Augen, als sie Franka zum Abschied drückte.

„Ich werde bald wiederkommen", flüsterte sie ihrer Freundin ins Ohr.

„Das will ich doch schwer hoffen", antwortete Franka. Um ihr die Abreise zu erleichtern, begleitete Klaus-Dieter seine neue Liebe. Er fuhr mit ihr bis Köln und nahm von dort den Zug zu sich nach Hause.

Klaus-Dieter saß bereits angeschnallt auf dem Beifahrersitz. Jutta startete den VW-Bus. Bevor sie losfuhr, drehte sie die Scheibe an der Fahrerseite herunter.

„Was ist jetzt eigentlich mit eurer Hochzeit? Kann ich mich darauf einrichten, bald im kleinen Schwarzen hier aufzutauchen?"

Franka strafte ihre Freundin mit einem strengen Blick. Das Thema hätte sie gern noch ausgespart. Jetzt fiel ihr nichts anderes ein, als verlegen auf ihre Fußspitzen zu schauen.

Jan legte den Arm um seine Freundin und antwortete an ihrer Stelle. „Das kleine Schwarze darfst du gerne bei deinem nächsten Besuch mitbringen. Es wird sich sicher eine Gelegenheit finden, es zu tragen. Mit der Hochzeit wollen wir uns aber noch etwas Zeit lassen. So eilig haben wir es nicht. Wir sind mit unserem Leben eigentlich ganz zufrieden, so wie es ist. Nicht wahr, mein Schatz?"

Franka fiel ein Stein vom Herzen. Erleichtert schaute sie zu Jan auf und küsste ihren Verlobten leidenschaftlich. Sie bemerkte nicht, wie der Motor des VW-Busses aufheulte und auch nicht, dass Jutta zum Abschied mehrmals hupte. Franka ließ Jan nicht mehr los. Eng umschlungen gingen die beiden die Treppe hoch in Frankas neue Wohnung. Von der Küche aus hatte man dort einen herrlichen Blick über das ganze Dorf.

Nachwort

„Mordsgaudi" ist ein Roman. Alle in diesem Buch geschilderten Handlungen und Personen sind frei erfunden. Ähnlichkeiten mit lebenden oder verstorbenen Personen oder Begebenheiten sind rein zufällig und nicht beabsichtigt.

Das Dorf Mörsdorf mitsamt der Hängeseilbrücke Geierlay gibt es aber tatsächlich. Mörsdorf ist ein staatlich anerkannter Erholungsort mit rund 630 Einwohnern und liegt im Rhein-Hunsrück-Kreis in Rheinland-Pfalz. Seit April 2015 führt ein Abschnitt des Fernwanderwegs Saar-Hunsrück-Steig am Ort vorbei. Die im Oktober 2015 eingeweihte Hängeseilbrücke spielt auch in den Kriminalromanen *Überm Abgrund*, und *Himmelfahrt* eine Rolle. Rund zwei Jahre lang galt das 360 Meter lange Bauwerk als „längste Hängeseilbrücke Deutschlands", bis es den Titel an ein ähnliches Projekt im Harz abtreten musste. Bis zum Sommer 2020 haben bereits mehr als eine Million Menschen die Brücke besucht. Jedes Jahr im Oktober wird im Dorf außerdem mehrere Tage lang das traditionelle Erntedankfest (Oktoberfest) gefeiert. Dort herrscht dann sprichwörtlich eine Mordsgaudi. Den Hunsrück zu besuchen, um sich die Schauplätze des vermeintlich kriminellen Geschehens einmal anzuschauen, lohnt sich auf alle Fälle. Und das nicht nur wegen der atemberaubenden Landschaft.

Ulrike Platten-Wirtz, im Juni 2020

Anhang
Trudels Geheimrezept für *Hunsrücker Leckschmier*

Die *Leckschmier* ist ein Original, das es so nur im Hunsrück gibt. Das Pflaumenmus wird auf traditionelle Weise und ganz ohne Zusatzstoffe hergestellt.

Für rund 10 Gläser braucht man: 2,5 kg reife Zwetschgen (Quetsche), 750 g Zucker, gemahlenen Anis, Zimtpulver, gemahlene Nelken, etwas Ingwerpulver

Zubereitung: Zwetschgen waschen und entsteinen. Zusammen mit etwas Wasser in den Topf geben. Nach etwa 20 Minuten, wenn die Früchte weich und halb verkocht sind, mit dem Stabmixer alles gut pürieren. Jetzt den Zucker und die Gewürze hinzugeben und weiter köcheln lassen. Die *Leckschmier* muss mit einem Holzlöffel die ganze Zeit über bis auf den Grund des Topfes umgerührt werden, damit sie nicht anbrennt. Mit der Zeit wird das Mus dunkel und zäh, die Menge verringert sich dabei fast um die Hälfte. Die *Leckschmier* ist fertig, wenn sich beim Durchziehen mit dem Löffel über den Topfboden, eine „Straße“ bildet, die sich nicht sofort wieder schließt, sondern langsam zusammenläuft. Die noch heiße *Leckschmier* sofort in Schraubgläser füllen, verschließen und zum Abkühlen auf den Deckel drehen. *Hunsrücker Leckschmier* schmeckt auf frischem Bauernbrot mit Butter oder als süße Zugabe zu Quarkspeisen und Joghurt.